百合花摇曳

舒行 * 著

图书在版编目（CIP）数据

百合花摇曳 / 舒行著 . —— 南京：江苏凤凰文艺出版社, 2023.5（2024.5 重印）
 ISBN 978-7-5594-7552-7

Ⅰ.①百… Ⅱ.①舒… Ⅲ.①随笔 – 作品集 – 中国 – 当代 Ⅳ.① I267.1

中国国家版本馆 CIP 数据核字（2023）第 026013 号

百合花摇曳

舒行 著

出 版 人	张在健
策　　划	张　黎
责任编辑	张　黎　姜业雨
装帧设计	薛顾璨
责任印制	刘　巍
出版发行	江苏凤凰文艺出版社
	南京市中央路 165 号，邮编：210009
网　　址	http：//www.jswenyi.com
印　　刷	苏州市越洋印刷有限公司
开　　本	880 毫米 ×1230 毫米 1/32
印　　张	8.375
字　　数	150 千字
版　　次	2023 年 5 月第 1 版
印　　次	2024 年 5 月第 2 次印刷
书　　号	ISBN 978-7-5594-7552-7
定　　价	59.00 元

江苏凤凰文艺版图书凡印刷、装订错误，可向出版社调换，联系电话 025-83280257

目录

樱笋笔记

003　春天情书
003　　早春的讯息
005　　春芽
008　　春雪
012　　后湖
016　　植物园
020　　樱花与春夜
028　　春深

033　牡丹幽暗

042　紫藤花

050　春之临终

057　百合时节

064　紫色的治愈

069　石蒜花开，秋风起

074　秋天的故事

074　　　空旷之地

076　　　仙鹤

078　　　秋叶

084　喜欢活着

089　落雪与钟声

山中旅行

095　杭州清明

095　　　九溪和五云山

098	山雨
101	五月的山野
101	楠溪江的五月
106	松阳横坑
112	松阳南岱
119	莫干山的竹子
126	黄山野百合
133	秋野
138	喜欢的土地
146	最纯洁的溪流

159	嫩菜抄
159	山居生活
162	小羊羔
163	雨滴与日落

167	泉水
168	强脚树莺
170	立春
172	山村的除夕
175	正月的民俗
178	花之力
182	嫩菜
187	在蓝色时分飞翔
187	夏夜
190	黎明
195	白昼
199	日暮

古都七日

205	青青嫩叶间
213	在岚山

219 古寺掠影
232 东山日记
242 鞍马山及其他
249 大原立春随笔

樱笋笔记

百合花摇曳

春天情书

——北京春天自然笔记

早春的讯息

北京进入二月后,鸟儿比之前活跃得多,鸣声也多起来,住所附近的草地上、松树下,可见几十只燕雀和灰椋鸟在啄食,小树林中,白头鹎吃着火炬树和鸡树条的果实。在狭窄的都市中,鸟儿令人心情开阔,在鸟儿身上,春天先到达了。关注鸟儿后,不必等到花开,只需听得鸟声便可感受春之先声,仿佛置身于山中。

今年雨水前下了一场春雪,雨水节气后,树荫下、湖面未融的薄冰上、远山间,积雪未消;树梢上白头鹎成群,鸣啭不断,这种情景让人心里升起幸福之感。崭新的更为幸福的季节即将来临,且还是完整未启封的,这令人心中燃起希望,充溢着信心与力量。人们也开始感叹着,"春天快来了吧!"这种春天刚露出一点苗头、还没真正到来,但时常听见人们感叹着"春天快来了吧"的情形,也蛮动人的。

阳光、风、云、晚霞都带来早春的讯息:东边房间冬天照不到阳光的地方,如今已洒满灿烂的朝阳,风把柳树的枝条染上淡黄色,傍晚云团低低地飘浮着,淡红色的晚霞铺满西边的天空,往日早已暗下来的天空,六点过后还是亮的,黎明的天空也早早地亮起来……往年最高温度到三月才上十摄氏度以上,今年二月二十四日最高温度就到达十一摄氏度,至月杪,升至十四五摄氏度,樱桃花苞已微露白色,每天春光明媚,唤醒待花之心。

北京的第一场春雨通常在雨水节气之后,雨后北方干燥的空气终于略微湿润了。此时若在南方,梅花接近尾声,迎春花的嫩黄色、堇菜高雅的紫色、望春玉兰花被片上那一缕紫红色,都是温柔的早春之色,透着新鲜的早春气息。对于春天在何时来临,可能每个人有不同判断,有的人以气象变化评判,有的人以物候判断……我觉得在北京,冰雪融化就意味着春天开始了,因此一到雨水节气就可以说北京的春天来了,而南方则是立春。

二月下旬，湖上的冰大部分已经消融，水波荡漾，偶尔有一些浮冰漂荡在湖面。阴暗的角落还有稍大面积的冰未融化，麻雀和乌鸫在冰上啄食着。花园中，一只乌鸫啄开了坚硬的泥土表面，活生生地拽出一条蚯蚓来吃，让人见识到它温柔的歌声之外凶残的一面。珠颈斑鸠在住所的窗台上低低鸣叫，那声音却像从很远的地方传来。我在窗台上撒米，它们于是常来，偶尔来一对，一只对另一只求偶，点头如鞠躬。灰枯的草地上已经有夏至草、早开堇菜探出头来了，有两只红尾鸫一跳一跳地在草地上走动。山桃林远望去微微泛着红意。玉兰花芽在夕阳下泛着光泽，像一盏盏毛茸茸的小灯。天气转暖，北方风物逐渐明朗丰富起来。二月底有时气温骤然升至十七八摄氏度，已经穿不住沉重累赘的冬衣了，人们说着"真热啊""白天变长了"之类的话。

春芽

惊蛰后第二天，街边围栏上的一丛迎春花，只在高处开了几朵花，那丛花像吸铁石似的，把路人吸过去，紧紧贴着花丛拍照。过了两天，春阳下，这丛迎春花开成一条金光闪烁的小瀑布。小朋友说她班上的女孩都喜欢吃迎春花，摘一朵倒过来吸一下，花冠管底部有清甜的花蜜。

一些地方的望春玉兰已经绽开。这时南方桃花盛开，李花绽放，柳色渐染嫩绿，向阳处可见杜鹃花的红色，稻田间点缀着紫云英，油菜花闪耀着一带带金光，菜地里豌豆花、蚕豆花遍开，竹林内莺声呖呖。三月中下旬，南方草木皆绿，春色转浓，即使是倒春寒的下雨天，也会觉得三月是好时节，每一天都是闪亮迷人的，新的春天的所有春色仿佛都是第一次所见，惹人心动。南方惊蛰至春分、春分至清明这一段时节春色由浅入深的过程，是春天的变奏，这过程细腻迅速、变化无穷。住在北京，又是难以随意去南方赏春的防疫时期，这种春色由浅入深的过程，如今只能在北京领略，比南方迟半月余，北方"春天的变奏"相应的时间段为：由三月中旬山桃始放至春分，春分至四月中旬。

北京今年的第一场春雨，下在三月十二日夜里，早晨醒来听到窗户上的雨滴声，感到了新的喜悦。为了特意感受雨后湿漉漉的泥土，抽空在小区花园里散了会儿步。踩上雨后濡湿松软的春泥，体会到深山越冬后的人们，春来时光脚去踩踏雪融后露出第一块黑土的心情。植物显示出丰沛的生命力，园中蔷薇、棣棠、金银木的枝条都已萌出稚嫩的幼芽，地上，二月兰也几寸高了,蒲公英、车轴草钻出泥土,鸢尾叶抽出嫩芽,玉簪块茎上坚硬的淡绿新芽冲出了地表。园中一棵白山桃满树胀鼓鼓的白色花苞蓄势待发,丁香长出暗紫的花苞……有人去山里,带来了郁香忍冬、北京忍冬、侧金盏花、款冬等花已经初绽的讯息,新的季节好像要揭开一个巨大的秘密,让人心生憧憬。

"春天像豹子一样悄悄走来……"豹子落爪无声,这话适用于三月十五日之前的北京早春,这时惹眼的只有一些望春玉兰或早开的山桃,不仔细观察,不会发现许多草木之芽都已悄悄萌出。柳芽只是细细的珠串一般,远看一片淡黄,还不能吸引人们的目光,只有金翅雀在享受那短而鲜嫩的柳芽。金翅雀有时躲在柏树丛中鸣叫,声音比麻雀的单调之音丰富动听得多,那吱的一声长音很像虫鸣。很喜欢金翅雀翅膀上的那抹金色,富有春气。鸟儿也喜欢吃毛白杨毛毛虫似的柔黄花序。连翘黄绿色的花苞还不易为人察觉。山茱萸也在默默发力。表面光秃秃的风景之中,一切都在暗暗蓄积着力量。花朵含苞待放之时有一种神圣感,有让人不忍心去破坏的生命力,谁也不会狠心去折一枝含苞待放的山桃花,必须先让它把花开出来!三月十五日是道分水岭,这天后,山桃似乎一夜之间大规模盛放,表面上的春天忽地显露在人们眼前。

山桃开了三分之一的时候，柳树的新芽像指甲尖儿那般大，已经染上了淡淡的浅绿。柳树最先长出来的三片细嫩的叶子中间，已经挤出小小的柔荑花序。有很多白头鹎、金翅雀在吃柳芽或柔荑花序。到处都是白头鹎，人行道边海棠树还留着果子，它们离人类只有一米，却对我们视而不见，专心埋头吃果子。白头鹎和珠颈斑鸠大概是最不惧怕人类的鸟儿，也很亲切。麻雀、喜鹊、灰喜鹊对人的警戒心则颇高。夕阳西下时，公园里喜鹊和灰喜鹊多到惊人，一百多只鸣叫着齐飞进竹丛里去，场面甚是壮观。

　　草木初生的春芽如此新鲜可爱，我每天都忍不住去欣赏它们，也因此增加户外时间。有时淡白的春月早早地出来，挂在傍晚淡蓝的天空中，非常洁净。柳梢上有一只沼泽山雀发出连续的悦耳歌声，但芳踪难觅，枝条和树芽已经能遮住那小小的身影了。

春雪

　　春分前下了两场春雪。三月十七日，下雪前的上午去颐和园，西堤的山桃已是一带淡粉色烟霞，西山上也可见一团团明亮温柔的粉云。此处早开堇菜比去年晚，记得去年同一天已经开了,在大树的脚下项链似的点缀了一圈,那种淡紫的色泽特别美。颐和园西堤淡粉色山桃最多,水边偶尔有一树颜色略浓的粉红色山桃蘸水而开,临水自照,水中一团粉红,黑天鹅、鸳鸯、秋沙鸭、绿头鸭、鹛鹛从粉红的花影中游过,有几分江南之春的感觉。此时南方樱花盛开,江南到了最美的时候,小川环树说,北京的春天比秋天美,有一种唤醒期待与哀怨的力量。但最后他总结:"体验过江南的春天,最深刻的感受是,北京到底为北方。"这描述很精准。北京的早春宛如旧电影黯淡的彩色色调,不如南方的早春扣人心弦。

  西边的柳林中,星头啄木鸟专注地啄树。大斑啄木鸟在林中闪现,它在早春时节很安静,还没有发出那标志性的敲鼓音。一群人在水道边等待仙踪不定的翠鸟,一点左右春雪缓缓而降,他们依然耐心等待。我早早回家,在小区花园欣赏雪中山桃,这时山桃花花蕊已储着一点积雪了,花瓣被冻得皱缩起来,地上有少数落花。我祈望花朵们能把春雪当作春雨来承受。捡了一些花瓣回家,闻到山桃花有一种凄清的苦香。尝了一片花瓣,也略略发苦。我觉得比从前更喜欢和理解这花了。它看上去很柔美,但身为北京的春之先驱,相信它能承受住春雪的冲击。

  春雪下到夜晚就停了。第二天下午两点又开始下,四点左右雪下得最大，天地间雪雾朦胧，纷纷扬扬的雪花白纱似的洒向大地，山桃林很快被雪覆盖，花的色泽和雪色浑然一体，只有颜色浓一点的粉红色山桃还能露出一点本来的色彩。路上积雪有两三厘米厚，我们踩着崭新的积雪咯吱咯吱地走着。

雪后新的一天艳阳高照，有人一早去颐和园拍了远处玉泉山、西山覆着薄积雪的照片，饶有风致。到处在滴滴答答化雪，带着潮土气。积雪下午就没了踪影。

北海公园里，只有古建屋檐阴处的一角还有残雪。岸边柳树挂着一串串麻雀，柏树上也歇着成百只麻雀，叽叽喳喳。园内几株山茱萸盛放，山茱萸花的黄色也是鲜明的早春之色。住所附近也种有一片山茱萸花，路过时常闻见清淡的香味。濠濮间的梅花才打着骨朵儿，北京的梅花失去了春之先驱的魅力。山桃挺过来了，依然繁花似锦。在濠濮间的假山间，有一棵花色最美的山桃，花瓣比淡粉色浓，花瓣末端带一点很浅的淡紫色，使整棵花染上了一种淡淡的浅紫色。我在这棵花下徘徊流连一直到黄昏。傍晚游人渐渐散去，公园静下来，红且圆的落日即将从西边消失，霞光映在湖面，暮色中，湖面呈现一片暗金色，有野鸭和鸳鸯在那暗金色的光辉里游动。湖畔有人在演奏口风琴，温馨而欢乐，消弭了黄昏的哀

西堤山桃

愁。音乐终止后，回荡在湖畔的是乌鸦和乌鸫的双重唱，一切归于寂静。若再晚一点，公园闭园落下那朱色的大门时，会发出"咣"的古老沉重的声音。暮色中，对面荷花市场口上，大爷们拉起京胡、弹奏着琵琶，唱起了京剧，曲调飘荡在黄昏的什刹海上。这种北京风味在白天是感受不到的。春色之所以动人，在大自然的"非人情"之美外，还有人情之美。

后湖

　　三月二十二日。颐和园北宫门桥边山石上有一棵白梅白花闪耀，迟开的梅花虽不复早春二月的触动人心，但依然高洁，贡献着清冽的香气。春雪后倒春寒影响，今年后湖（后溪河）水边的那棵山桃都才打着骨朵儿，往年这个时候已经很繁盛了，那花枝垂曳在水边，花色映着边上红桥的朱色栏杆格外美丽。花年年都会绽放，但赏花人的心情和境遇可能每年都不同，并且会不断产生新的认识和领悟，看花的眼睛也会发生变化，花也就显得不同，去年之花非今年之花。若去年的花，今年还能活着看到，也算是一种幸运吧。如我以前写过："今年还活着，还能看到这朵百合花，真是太好了。"人、事、物、世界，无时无刻不在变化。年纪渐长，喜欢的事物会越来

后湖垂于水边的山桃

越少，同时也在和很多人与事物离别。今年春天，远处硝烟弥漫，世间瘟疫不息，不幸接连不断。这种情形下，连出门赏花都带着罪恶感。人的命运和生活比从前更没有确定性了。

后湖"溪烟岚雾"建筑对面高树上有黑头鸦在鸣叫，这有着细长的喙的小鸟，发出一连串的哨音，圆润得像是带着水波纹，抚慰人心。附近的谐趣园、霁清轩里都有它们的身影。这时候谐趣园水边柳树的翠色崭新明净，让人想到水润的、脆生生的山野菜。那翠色的柳帘像薄而清透的翠玉，和暗红的古建相互映衬，是很古典的风景。昆明湖边也有不少这样的景致，抬头会看到春天的烟柳之间有远远的城楼。什刹海边的柳树则映着远处的钟鼓楼。这些是古都之柳的独特风韵。霁清轩是谐趣园的园中园，入口在谐趣园北边假山后，它依缓坡而建，地方幽静，建筑高低错落，一条长长的游廊由高而低，廊边种着山桃、迎春花、古松。建筑绿色的廊柱画有白色藤花。①

"溪烟岚雾"建筑后的万寿山山腰，有一片较大的山桃林，花燃烧似的开得密密匝匝，其中有些花树高达十米。花林内，山斑鸠成群，在咕咕地叫着，常是两三只结伴窸窸窣窣地

---

① 海墁苏画，一种建筑装饰艺术。

在干草间走动啄食，并不惧人，它们的翅膀宛如金丝线织就的波纹，十分美丽。沼泽山雀远远地歌唱着，频繁更换树木。黄喉鹀的鸣声清脆嘹亮，颇为活泼动人，循声在草间看到它，它喉间和羽冠下那抹明亮的柠檬黄像迎春花、连翘之类的春花一样清新可喜，令人觉得每只鸟都是构造精密的艺术品。从山桃林向山腰走几步，透过花枝看见一组建筑，名为福荫轩。颐和园亭台楼阁的布置，常给人一种"通幽"之感。

三月二十三日。住所附近被我视为"自留地"的小公园里，到处是叶芽花苞，北京的春天已经有点急迫感了。海棠、紫叶李、碧桃，花苞和叶子同时生长着。一些植物的花苞像叶苞，呈淡绿色，如染井吉野樱花、大岛樱，而牡丹、月季等植物的叶芽是紫红色的，元宝槭的叶苞则像粉色的花苞。连翘盛开。樱桃花半开，受冻后显得灰扑扑的。今年榆叶梅和杏花迟开了。

两天后再去后湖看那山桃，垂于水面的花枝只是半开，若想要欣赏到全貌还得跑一趟，三趟或许能看到一棵树的全貌。然而春天每天都在变化，庞大、迅速，怎么可能看得到春天的全部呢。水边的这山桃，不细看以为是一棵，其实是两棵山桃上下交叠在一起，它们一上一下以七十度角栽于山坡，无法伸向天空，只能以扭曲的姿态横向生长。上面的那棵已经全开，花朵繁茂，有的花瓣开始卷缩，边缘加深呈现浅紫色，雄蕊的紫红色花药已经脱落，露出金黄色的花粉（有点甜）。在桥上静静站立欣赏这两棵山桃，那黑色的枝干和粉红色的花铺满整个小坡，宛若一幅古画卷。水边不断回响着北红尾鸲和远东山雀的鸣声，显得景色清幽。这只是春天很小的一部分，却对人有着重大的意义，这意味着自由、健康与和平，这也是今年春天很多人对这个世界的愿望。

植物园

三月二十六日去南植，水生植物池塘边的小坡上有几棵白玉兰，高高的尖顶处已开得波澜壮阔。低处枝条上的花苞正是明烛高举的样子，白玉兰花苞未打开时，那短小的白色的一截，很像白蜡烛。有文学家描写过："那长长伸展的树枝上开出白色的花，就像树枝上的蜡烛台。仿佛冬天时储存在树干里的灯油，突然被点燃，一齐着起了白色的火苗来一样。"灯油写出玉兰花的源头是冬天，但玉兰的新花芽在头一年夏天就长出来了，可见春天的万物的源头未必只是在冬天，也许在头一年暮春就开始孕育。玉兰衰败后落着满地残败的花瓣，是油尽灯枯吧。这几棵玉兰花树下还有几丛郁香忍冬，发出的清香和玉兰花的香味混合在一起，沁透人的心脾。

南植大草坪附近有一棵宽阔好看的白玉兰，开得非常庞大，尖顶高耸。卧佛寺东边和西边的山谷里也有很多高大的白玉兰，充满自由的气息。山里的白玉兰多是如此高大狂野，它们显露的那种自由的山野气，是经年累月形成的，可以称之为树木的性格吧，时间越久就越引人注目。目前北植山谷里白玉兰还是星星点点的花苞。秀气的望春玉兰还没有完全凋零。在山谷东边遇见一棵黄山玉兰，花被片中间有极其浓郁的紫红色，十分雅致。去年春天发现香山松林餐厅外也有一排高大的玉兰，白色繁花映在大玻璃窗上，虚与实的花枝交相辉映，云团般壮观。那天还下起雨，春雷鼓似的敲着，碧云寺内乌鸦盘旋，寺外山间开着一蓬蓬山花，雾霭缓缓笼罩山谷，静翠湖一带，湖山都显得清润美丽。

南植松林下的迎红杜鹃也是北京早春重要的花朵，去年此时杜鹃已经盛绽，点亮了黯淡的松林。东边那几丛较大，在阳光的照射下，紫红色的点点花朵在幽暗的松林下发光，令人徘徊流连。今年这时候才半开，但已经很惹眼了，花朵精致可爱，花瓣质地细腻得犹如织造精细的丝绸，花色因土地和温度的因素呈现三种浓淡不一的色泽：紫红色，浅紫红，浅紫色。有的花瓣里侧带有深色斑点，宛如俏丽的雀斑。离杜鹃

早春烟柳之间远远的城楼

迎红杜鹃

伊朗蓝瑰花

花不远的松树间，乌鸫、黄腰柳莺放送着美妙的歌声，鸟鸣仿佛为你在赏花时添加了配乐，和花色一样撩拨着你，为心灵注入汩汩清流。

这时节南植还有几种令人心旷神怡的早春小花。有一小片小药八旦子，鲜嫩精致，花色有点渐变，浅蓝色带紫，如蓝琉璃般美丽。还有伊朗绵枣儿，天门冬科植物，已改名为伊朗蓝瑰花，花色极美，花瓣白色中带淡蓝和淡紫，花瓣中间一缕湛蓝色。蓝紫色的西伯利亚垂瑰花半开颔首，像一滴蓝色水滴。番红花开得特别热烈，有浓紫色、淡紫色、白色、黄色，如春天的一缕阳光。西山堇菜绽放着洁白的小花，还有开白色花的翅果连翘、粉花香荚蒾、白花香荚蒾、活血丹等，所有花儿都明艳动人，闪着光芒，有着坚实的生命力。

三月三十日，又下了一场春雨，"自留地"公园里，樱花开了几枝，杏花、二乔玉兰、白玉兰盛放。山桃树已经黯淡下去，山桃花期结束，北方春天的变奏开始了另一个乐章。

樱花与春夜

北京的樱花季在三月下旬至四月初。三月最后一日，玉渊潭"樱棠春晓"的枝垂樱已是云霞满枝，花色在初绽时是浓郁的粉红，之后逐渐转淡。玉渊潭种植最多的染井吉野樱还没开放，花期比往年晚了一周。去年三月二十六日染井吉野樱和大岛樱都已绽放，正逢雨日，冷雨中，一棵棵樱花树湿漉漉的，透着一股青苔般强韧的生命力，或者说，一种坚强圣洁的花之魂。大岛樱的白色花瓣为雨珠濡湿，犹如白水晶般莹洁清透；染井吉野樱淡粉色的花瓣被雨水浸透，也格外洁净动人，未绽放的花蕾则含着胭脂色。

四月三日。早起去玉渊潭看晨樱。六点从西门入园，三日不见，樱花几乎满开，西岸、北岸云霞叆叇。穿过山坡间的樱花小道，仔细品味每一棵樱花，从不同角度欣赏花树的姿态。光线让每一簇花枝展现不同的风情，那些流光溢彩的花枝，美妙得让人挪不开眼睛。

北边山坡后岔路旁有棵粉红色樱花，轻盈的花瓣在晨光下近于透明，花枝在微风里跳动，光线在花朵上流动。我每年赏花的重头戏都在北边这一带，再往前一段路就是垂樱所在了，这次来看它，这几棵垂樱比初绽时更加蓬勃繁盛，树冠体积比之前膨胀了不少——美也在膨胀和放大，让人一望即发出赞叹。我甚至幻想有小小花神正在那花簇里打坐。几棵花树连成一体，烟霞蒙蒙，宛如笼罩着一片淡粉的晨雾，有着深不可测的美丽。花色已从粉红色褪为淡粉色，由簇新之感转为淡雅洁净。淡色珠串般的垂垂长枝在金光闪耀的晨曦中拂动，令人逡巡流连，仿佛还处于晨梦中。

玉渊潭的草地似乎比别的地方绿得更早，柳树也青翠好看，高大古老的柳树下芳草萋萋，蒲公英的黄色花盘金币似的点缀其间，早开堇菜把草地晕染成紫色。山坡边缘一带的高柳上，乌鸦和喜鹊的聒噪声不绝于耳，善歌的黑尾蜡嘴雀传来动听的歌声。爬到山坡往南看，坡下一片粉红色的云霞弥漫于晨光中，人们徘徊于花荫下，发出畅快的交谈声、欢笑声。一树树雾蒙蒙的花开得如此光耀夺目，显得那样光明、和平，仿佛世上不会有坏事发生似的。赏花的时候每个人都显得那么快乐，山坡上不少人铺了垫子悠闲地野餐，碰杯畅饮，享用盛宴一般。有人还提了西瓜来。繁花盛开宛如节庆，这一刻世界是美丽的。有花的存在，世界就是美丽的。

走至山坡南面的水边，樱花和柳树同时映在水中，水中一团团淡粉和翠绿。有的地方，柳树映在水中显得水色青碧，如深山中的潭水。时而有爽朗的笑声从水波间飘渡而来。

清明节，北京植物园内，元宝槭、三花槭开出黄色的花，梣叶槭初开，拂动着流苏似的黄绿色花序（和嫩叶颜色很接近），榆树挂上榆钱串儿。杏花和山杏盛花。榆叶梅、紫叶李、美人梅、棣棠、白花山碧桃、各色碧桃开放（植物园也有樱花盛放），气温骤然升高，艳阳下连翘金黄色的花丛似在喷火。山谷中，高大的白玉兰开得此起彼伏，散发着馥郁的香气。宿根园里，蓝色雪光花绽放，各色洋水仙色彩缤纷。雪柳、蚂蚱腿子等灌木都伸展着白色的花枝。树木迅速长出新叶，紫椴、心叶椴、杜仲、银杏的嫩叶都柔润美丽。树林中到处是大片大片的二月兰（诸葛菜）。二月兰、早开堇菜等野花让人觉得世上最好最珍贵的事物都是慷慨和免费的。这时节圆明园的二月兰开得更是广阔繁茂，有山林之感，草地上缀满紫红或淡红的地黄花儿、淡紫的米口袋花、淡粉花的糙叶黄耆、淡蓝的斑种草花，在阳光下，都是会发光的野花啊。白中带粉的点地梅小碎花开成了小溪流。圆明园水边种有梨树，清明时开花，让人想念起南方。

　　清明时节老家山中梨花、映山红、油桐、马银花灿放，新笋正荣，新绿如洗，是万物最清澈、散发着光辉的时节。还有山中的野菜随着时序节令的流转而更替，荠菜已经老了，清明正是吃春笋、鼠麴草、马兰头、桑叶嫩尖儿、蕨菜的时候。这时北京的超市也出售春笋了，恰逢樱花盛放，勉强可以算作北京的樱笋时节吧。前日还尝试了豆腐皮笋饭，那鲜美的气息，正是春天的味道。北京的公园里，也有人挖时令野菜，如蒲公英、早开堇菜；超市已有洋槐花出售，可买来煎槐花饼；香椿也很鲜嫩；豌豆荚碧绿新鲜，剥出来的豌豆水灵灵的，和韭菜一起炒，清甜鲜美；剥蚕豆、炒肉、炒雪菜、炒鸡蛋、炒韭菜都美味；这时候喜欢的水果是粑粑柑，肥美而甘甜爽口；菜农每天摘来新鲜草莓售卖，色泽鲜艳诱人。

四月六日，玉渊潭那棵最大的八重红枝垂樱开了，绚烂夺目，如梦似幻。周遭被映照得明亮无比，每一簇花枝都是一束光。我在花下踯躅了许久。八重樱初开时花色很浓，后期也会变淡。水边还有两棵淡粉色垂樱，那长长垂下的花枝飘在水边，莹润灵动，有点像藤花，花的色泽因为花朵开得有早有晚而显得深深浅浅的，那些晶莹剔透的粉红色、淡粉色，望之珠光宝气。有人穿了汉服在花下照相，那人衣袖的粉色与袖口花纹的紫色同花色相近，挨近花枝时，衣袖像被染上了樱花的色泽。我在花旁的石头上坐了许久，舍不得离去。水边的垂樱被人团团围住，不得一刻清闲，看久了真是惹人怜惜，真希望它长在深山里，不为世俗沾染。有的赏花人总是力求尽兴，用手去触碰花枝，或把脸埋在花团中照相，有的为了制造"樱吹雪"的效果而去摇晃花树使花瓣落下，甚至折下花枝，这些行为都很引人反感。

这时染井吉野樱转衰，一阵风过，那花瓣扑扑地纷纷散落，人人发出惊叹声，却令我无限惋惜，那些褪色的白花瓣粉花瓣，纯洁而虚幻。樱花真是无一处不是美的，就连衰败也是美好地衰败，无限美丽地凋零，且樱花在凋零、快落尽时散发出更加扑鼻、沁人心脾的香气，那落在泥上的淡色花瓣久而久之凝成一种淡紫色，真是为美而生的花啊。树木散落花瓣是对大地、土壤的回报。樱花落在水里，"花筏"也美，最好是落在清澈的水中。天上偶尔传来隐隐的雷鸣，这时候最怕下雨或起风，若遇上，樱花该全落了。

去年樱花散落时，我还没有怜惜之感，并且带小朋友去"自留地"公园欣赏樱树落花，看小朋友在风中拿着袋子去追逐落花、接落花，觉得格外可爱美好。那天一轮新月早早地悬于花间，为了欣赏月光下的樱花，我在晚间再次来到樱花下。夜空呈现一片静谧的蓝色，天空的蓝色随夜色渐浓而愈浓，明净的月色照着樱花，熠熠生辉，夜风吹落花瓣，宁静又浪漫。欣赏完夜樱散步回家，春风温柔怡人，街边丁香花芳香四溢，夜气在静谧中流转。十字路口有人在烧清明的纸钱，火光照亮旁边的红花碧桃。走在那样清朗沉静的春夜里，像喝了酒般醺然，或许这就是春夜般的心情，恍惚而快乐，那一刻我甚至分不清是走在北京的路上，还是南方的路，在樱花飘落的美丽中，所有的道路都通向同一个春夜。

早晨烟霞蒙蒙的垂樱

水边的垂樱

八重红枝垂樱初开

春深

　　四月九日，"自留地"小公园里西府海棠始绽。晚樱（关山樱、普贤象）开放，丁香花如紫云，空气中飘溢着春天馥郁的香气。幽暗的松林前桃花点点。红色花的碧桃在燃烧。白蜡树、国槐、洋槐、黄栌、七叶树、鸡爪槭、桑树、柿树、毛白杨、悬铃木等都已长出嫩叶，紫藤的新叶和花苞也长出来了，那花穗为软弹的一串，非常可爱。泡桐开了几枝紫花。此时白玉兰油尽灯枯，落满一地锈色花瓣。地上还堆积着紫叶李、榆叶梅的落花。街上落满白蜡树、柳树、杨树的花序，空中开始飘起了杨絮。

　　去玉渊潭和喜欢的樱花树告别，那一树八重红垂樱将谢，花色褪得很淡了。园中樱花基本落尽，满地花瓣，仿佛春天慷慨了一番，现在要把它们收回去。当然，也是树木把花儿还给了大地。草地上紫花地丁、附地菜开出了漂亮的花儿。高树间，大斑啄木鸟开始用鸟喙敲击树干，发出"击鼓音"，击鼓般地连续而快速，像安装了弹簧似的"笃笃笃"，也像老门轴被风转动的声音。我曾疑惑啄木鸟怎么会发出这样的声音，是啄树时发出的还是从喉咙里发出来的呢？读了《鸟鸣时节》才知道是敲击树干的声音，而且在一年中的多数时间里，大斑啄木鸟都不会发出击打声。我只有在春暖花开之时才开始听到这种可爱的击鼓声。

地坛公园的梨花开了，像山里的梨花那般，这里的梨花也没什么人观赏，园内散步的老人们对于这花似乎都已习以为常。颐和园、天坛都有高大的豆梨，开花时声势浩大。还有明代的智化寺，古寺庭院里有几棵高大的梨花树，每年四月寺内梨花和丁香花盛绽时，花下有乐师进行京音乐（一种宫廷古乐）表演。此外，智化寺藏有明代转轮藏、藻井（已移至别处）、佛像等，都精美无比。

过了四月十日，春色愈来愈浓，春渐深。栾树的新叶、楸树的嫩叶都带着绛紫色，散布于春云浮动的碧空下。到了傍晚，西边彩霞满天，东边蓝色的天空出现几片粉红色的云，月亮明灯般挂在树梢。原本光秃秃、空荡荡的小树林被新绿填满，显得幽深起来。

西府海棠爆炸般开放，风吹过花瓣散落如雪。那些树冠庞大的老树特别美丽，当花开到尾声，花瓣上那胭脂粉慢慢变成淡紫色，整棵花树笼罩着一片淡紫色。元大都遗址公园内北美海棠品种繁多，喜欢的两种北美海棠都是纯净的白色花，一为"雪坠"，开成一团团如绣球；二是"春雪"，花型略小而清秀。一种垂枝北美海棠低矮的树干举着纷披的粉色花枝，像古代的"华盖"。野地里，马蔺、小苦荬、泥胡菜都开花了，泥胡菜亭亭间的淡紫色花朵，带着浅浅的夏日气息。朋友去北京野外，这时崖壁间有槭叶铁线莲、独根草绽放，山谷中有河北耧斗菜、多被银莲花盛开。我几乎没去过西山之外北京的山区，妙峰山、百花山、东灵山、雾灵山、海坨山，这些山之名让我觉得自己对北京的自然很无知。

四月十三日，紫藤开出了几串，南植宿根园的华北耧斗菜正是一片华丽的紫色海洋，俏丽的花朵低垂着，要跪着俯身再仰望才能一睹芳容。旁边还有一小片淡紫的北京延胡索，那清爽的淡紫很适合温暖的天气，而深沉的浓紫则更适合春寒料峭。大自然是高明的色彩搭配师，亦是高级的调香师，在水生植物池塘边，被某种香气吸引，这个区域的郁香忍冬只剩下零星的残花，并不是香源，柳树下有一棵垂丝海棠，靠近后确定是它发出的香气，是一种清淡幽微的甜香，很纯正的春天的气味。这棵垂丝海棠美丽绝伦，花的粉红色接近八重樱，花枝在风中摇动，花簇间流光摇曳，令人着迷。植物园就是这样，到处散发着令人心旷神怡的气味。

那天天气极好，碧空清澄，一群小学生来春游，到了午餐时间，充满活力的小学生们迅速占领了草地，在巨大的雪松下野餐。围绕着他们的，是梨花、丁香花、各种海棠花，风中

成片的二月兰

华北楼斗菜

飘荡着花香和小孩子们欢乐的声音，在恰当的时候，这是人类发出的如同鸟鸣那般、能令人愉悦的声音之一。整整三个小时，我看到他们在大棵菊花桃前走过，他们的队伍还穿过杜仲林荫道、路过大花溲疏的白色花丛（那几丛溲疏美极了）、穿过新绿鲜嫩的栎属树林，心情被他们感染得无比愉悦。还不仅仅是这些，当你看到更多缀满繁花并挥洒着香气的植物，不得不感叹春天的慷慨和伟大，以及充满智慧，如此铺张却丝毫不浪费：缀着紫色花的花叶丁香（不同于丁香），柔和明丽；雪白的白鹃梅开得极其繁密，白色花瀑流泻而来，令人手足无措；紫荆、湖北紫荆十分艳丽；麦李的粉花、稠李的白花、加拿大接骨木的白花、红蕾荚蒾都开得热情似火，香气浓郁。枸橘、小玉竹等则显得低调一些。有一棵元宝槭看上去是一棵很甜的树，枝叶垂挂及地，新叶青翠间正绽放着细碎的黄花，花叶好像布满枫糖浆似的（花的确是甜的，但枫糖是从树液提取的），美丽诱人，让人真想去尝尝它的汁液，不过这棵树精华的一部分已经被我摄取了，我所指的是它的外在美。可惜它对鸟类的实用性我还不曾目睹，如鸟儿吸树汁吃果实，那是树木最伟大的地方之一。

2022年2—4月

牡丹幽暗

一

进入四月,天空一天比一天清澈,有水的质感。四月十三日去南植,牡丹还没有开。有一年这天,南植的牡丹已经开了,水生植物的池塘里,青蛙正叫得热闹,我在心里作着蹩脚的句子:听着蛙鸣,牡丹开了。那天有游客折了牡丹,工作人员收拾着花枝感叹:养一棵牡丹多不容易啊!与牡丹同期的花还有文冠果、鸡麻、黄刺玫、棣棠,宿根园里有成片白屈菜和紫花耧斗菜。也许,春天比别的季节更有影响力,因为有更多的机会与美丽的事物遇见。并且,告别冬天的混沌后,春天会再次唤醒你的官能，使人更加敏锐地去体会季节的气息。春天仿佛有种奇妙的功能，好像人们在冬天生的病，会被春天缓缓治疗、抚平。世界变得无比清晰。

四月十八日，迫不及待去景山看牡丹。然而开得并不多。景山公园牡丹种类最多（都有很华丽的名字），也最繁丽。往年一进园门，就能闻见上千株牡丹一起发出的香味，扑鼻而来。北边树荫下的牡丹最为清润，从东边到西边山麓一带，种在缓坡上的牡丹错落有致，姿态特别美，让人深感牡丹真是高贵古典的植物。通常，南边的开得最早，种类最多，一路魏紫姚黄一团团滚滚开过去。今年，西边杉林下草坪附近喜欢的那一片白牡丹还没有动静，只有深紫色的二乔牡丹开了许多。看牡丹时照例买了牡丹饼、牡丹雪糕给小孩子。对我而言景山的牡丹饼太甜，要配茶才能享用。

晚上，邻居赠我春菜和几枝白牡丹。我把那瓶牡丹摆在窗前书桌上，在书桌边的小圆桌上放置了一瓶芍药。晚上，关上房灯，点上昏暗的台灯，房间里尽是白牡丹混合芍药沉静而淡雅的香气，是适合夜晚的沁人气味，这样的花香，不像丁香的香气是属于浓郁而热闹的；也不像桂花的芳香那般，是馥郁而幽静的香气。牡丹和芍药，花朵虽然都开得硕大，颜色也大多很浓艳，但不多的几朵汇聚起来，香气却是属于隐隐约约的，算得上是一种低调清新的幽香。一时之间，仿佛被牡丹的美色所魅惑，忍不住以鼻轻碰牡丹，滑凉的触感里凝着香气，华贵的黄色花药让人很想尝尝，手触花药处粘上细细的黄色花粉，似有很淡的甜味。美像澄澈的水一样流淌而来，将人淹没，这就是活着啊，在美之中。

第二天清晨，是一个清新的好天气，去"自留地"公园散步，远远看到人们围着牡丹园，就知道牡丹开了。早晨的光线穿过边上的杨树林照在一丛粉牡丹上。一只蜜蜂饱吸花粉，似乎吸得太饱了，非常艰难地从密密匝匝的牡丹深处爬出来。

二

谷雨当日去了圆明园看牡丹，和景山不同的是，圆明园的牡丹在含经堂遗址的庭院间一大片或一小片地种着，看上去广阔而有历史感。

这几天常常在厨房窗口听到蛙鸣，声音可能来自对过小区的小池塘。这一带过去是片广大的菜园，失去家园的青蛙有时出没于马路边。是青蛙叫得很热闹的时节了，"自留地"公园池塘里的蛙鸣是成阵的，站在池塘边的牡丹园看牡丹，青蛙演奏的旋律与之很相配，是一种热闹的宁静。珠颈斑鸠的叫声远远近近的。这些都是北方牡丹时节固有的配乐。鸟儿带给我们的体验都太美好了。这儿的牡丹也已经是盛花期，牡丹园很安静，早晨可以静静欣赏一个多小时。牡丹开得滚圆肥大，沉沉坠坠，有些坠到地上去。这样的时节我只想全身心地投入每分每秒。

一个赏花的北方大爷对着牡丹连声赞叹："去景山，人山人海。这儿您随便看。真漂亮！前几年这儿没竹篱笆围着，人都进去，到处踩，给踩碎啰！折了，掘了，拿回家去，哎哟！漂亮的东西人就想占为己有。你偷回家，偷回家也养不好呀，这东西要有地气。"

这让人想起《徒然草》里说的，品德高尚的人虽好物而不溺于物，兴致颇高也能淡然处之。而不解风雅的村夫俗子，凡有景致处，决不悠然旁观，一定要去耍弄一番才甘心。

一个老太太说是她催物业给围上了竹篱笆。

大爷说："拦上竹篱笆好，大自然多漂亮啊。看着就舒服，心里的气儿都散了，压抑都没有了。这花就开一个星期左右，然后那花瓣儿就噼里啪啦地掉了。您瞧瞧，多漂亮！"

这次赏花，让我感到往年的那种兴致回来了，四月里，到处是美好的令人愉快的事物。晚樱林的晚樱还有余花，但差不多轰轰烈烈地开完了。

三

四月二十二日有雨。北京的春雨本就不多，一年之中，牡丹花开若逢雨，那真是难得的好机会，对我们这种恋雨者来说就很幸运了。Pluviophile是喜雨生物，指喜爱下雨的人、在下雨天感受到欢乐和宁静的人，还指多雨水的环境才能存活的植物。Petrichor是指快要下雨时的气味、下雨时的尘土味，也可以说是潮土油，是土壤中的植物油脂融化在雨水中的气味。我是Pluviophile，自然也喜欢雨前的气味，雨中、雨后的气味，下雨是天地交融的时刻，雨后则有一种天空与大地被清洗后的洁净清明。

牡丹季小雨中的景山公园清新、有局部的幽深和宁静。西边山麓那一带林地，还有被高大杉林所遮蔽的、辽阔而整洁的碧色草坪，这两个空间之上，似乎笼罩着一种荫翳，种在山麓林间和杉林下草坪边缘的牡丹，有一种荫翳之美。尤其林中雨气蒙蒙，空气湿润，一丛丛牡丹都湿漉漉的，大朵的牡丹花为雨水浸湿，更是沉甸甸的，沉下去、坠下去，有的直接贴到濡湿的黑土里，花瓣沾上了点点黑泥，宛若生动可爱的脸沾了泥巴。雨珠遍布牡丹，有摄影者提醒他人："别摇晃！别让雨滴掉下来！"我贪心地欣赏着每一朵，每一朵都堪称惊心动魄：粉色的牡丹娇艳欲滴，有的花瓣上的水珠沾着柏树落下的黄色柏花；珍珠似的雨珠缀满白牡丹，使其更为纯洁；一种白牡丹花芯透出隐隐的粉红色；深紫色牡丹的那种色调紫绸缎一样华丽……色彩真是花的生命之精髓！香味则是一种精妙的设计。雨后天渐晴时，一朵暗红色的牡丹，花朵的一半罩在树的阴影里，半明半暗，那阴影中的半朵花已经看不出颜色，显得一片幽暗，让人想到子规写的"牡丹幽暗"："杜鹃鸟鸣——客厅壁龛里，牡丹幽暗。"

2021年4月

粉色牡丹

白牡丹

粉牡丹带雨

深紫牡丹

紫藤花

谷雨前后，京城的紫藤次第绽放。初开的紫藤，花色深深浅浅，宛如一串串紫玉。花穗上端的花朵最先绽开，花色为优雅的淡紫色，花穗下端含苞待放的花蕾则是深紫色，显得花串浓淡有致。紫藤花有五枚花瓣，位于上方最大的一瓣为旗瓣，下方两侧略小的为翼瓣，中间像一整片的两枚最小的花瓣为龙骨瓣，掰开紧挨在一起的龙骨瓣，才能看见被包裹着的雄蕊和雌蕊。旗瓣中心有一抹浅淡的黄绿色，花初开时那黄绿色较浓，后期渐渐褪成白色。紫色的花总有朦胧之美，而长穗品种的藤花更是飘逸朦胧，如雾如瀑。附近小公园有几架紫藤，花色各有不同，有一架色泽特别浓郁、花穗略长的，显得很是幽丽,尤其在暮色中,花色在暗蓝的天幕下渐近蓝紫色。把那花穗拉过来闻一下,香气无与伦比。

藤花高贵华美,深得人喜爱。《源氏物语》中有不少写紫藤花的情景,如:"春天的花,没有一种不令人叹为观止,只可惜都不能长驻芬芳,匆匆弃人凋零。这时候唯独藤花暮春而至,绽苞于初夏,教人觉得无限含蓄有致,惹人怜爱……"下文接着写人们倾杯游宴,酒醉后以紫藤作歌互相赠答,让人深感作者对紫藤的偏爱,书中的几位女性,紫姬、藤壶都让人联想到紫藤花。虽不喜欢以花喻人,动不动就说什么花像个迟暮美人啦之类的,然而紫藤花含蓄婉转,确实令人想到美好的女性。

京城的紫藤花,数孔庙和国子监庭院里的古紫藤最令人震撼。踏进孔庙前的成贤街,就有一股肃穆安静的气息迎面而来,抬头可望红墙内钟楼旁一树巍然的紫藤。孔庙大成殿前缠绕在巨大古树上的紫藤极有气势,仿佛修炼了几百年。枯死的柏树树顶藤花绵延,高耸入云。整棵树都流泻着紫藤之光。春天清澈明亮的光线照在紫藤花串上,似笼着一层紫色薄纱,色泽十分梦幻。徘徊在庭院中闻吸着紫藤香气,却有一种黄豆粉夹杂着芝麻的香气飘了过来,原来是从庭院外小街上传来的驴打滚香味。我想象着紫藤花会不会幻化成美人去买点心呢?这食物对面的雍和宫围墙外也有人卖,那一带总有一些生意人追着你看相算命，乞丐也特别多。春风吹着，雍和宫的黄幡飘动，一副和平的气息，天下似乎没有不幸。

大成殿前侧和西侧加起来有六七树紫藤，这些紫藤周围环绕着金碧辉煌的层层殿宇，还有那些黯淡的、带着尘土味的进士碑，刻着一些为人所熟知的名字，李鸿章、曾国藩、康有为等，让紫藤花似乎附着一股陈旧的、缥缈的历史气息。大成殿西侧的两树紫藤也特别壮观，有一树是很淡的紫色，花色近于粉红色，高高的花枝上（其实是藤花绕在柏枝上），有几只麻雀啾啾地在啄食着。人们绕着这紫藤花流连不去。其中有几个穿着淡蓝上衣和黑裙子的女孩子手牵着手一起赏花，紫藤花的光辉映照着少女们的友谊和青春。

孔庙隔壁国子监的庭院更为安静，院中古槐树新绿耀眼，有一棵七百年的古国槐，长在宁静的殿宇前，新绿映着黑瓦，树叶摩挲出悦耳的声响，古树上乌鸫发出清澈舒缓的音符。在古老雄伟的"辟雍"大殿前，也有两棵瘦长的古树垂挂着紫藤，在那藤花下，又见到那几个蓝衣黑裙的孩子。这一回队伍更加壮大了，全班的女生男生都排列在大殿前拍摄集体照。原来他们是春游的高年级小学生。先前见到的那几个女孩子站在队列的前排，这光景恰巧是与谢野晶子写的短歌："春天啊不要老去，紫藤花开放，在夜之舞殿，成列的少女——啊不要瞬间老去！"

　　紫藤花开放，成列的少女，这光景无限美好。愿少女们的人生佳节能永驻！然而隔几天再去国子监，紫藤已经褪色，从旗瓣开始渐渐泛白，从翼瓣开始枯萎，花瓣的紫色失去水分慢慢浓缩为蓝紫色，而后飘落在泥土上，土上一片蓝紫色，令人惆怅。春日雨天的国子监昏暗阴冷，一群北京雨燕尖叫着在大殿前盘旋着快速飞翔，气氛凄厉。前几日的温暖春光在这一刻已是盛景难再。

　　一切都消失得太快了！春天的花季似乎在一瞬间就过去了。年轻的辰光也是瞬息即逝。所有美丽的、享受的、轻松的、美味的，一下子就过去了。刚刚还在涂口红，转身就在疲倦地卸妆。之前还在辛苦地赶往旅行目的地，转眼假期就结束了。刚刚才吃完午饭，很快又到了晚饭时间。像电影中那样，前一秒还是叽叽喳喳的女孩子，后一秒就进入沉静的中年，开始意识到时间像花朵一样短暂，很多事情都是一期一会，应当有珍惜的心情。也越发体会到一切皆如露水般短暂，从早春开始就一直在追花，然而，倏忽一下子樱花就开过了，然后是牡丹、紫藤……都衰败了。

　　为了对抗时间那露水般的短暂，春天的大多时间在看花中度过。总觉得户外的时间似乎会比室内显得长一些。2020

年之前的假期，我总是争取更多的时间出门旅行，那些春天，在灵隐寺的早晨饱看新绿、在永福寺聆听后山传来的钟声、在韬光寺遇见墙头最后的桃花、在北高峰俯瞰西湖与山中诸寺、黄昏去云栖看竹林和矮胖可爱的新笋、凌晨骑车去孤山看楼外楼的紫藤。茶博后山的茶园边，松花开放，风过处，黄色的松花粉蒙蒙四散。这些都是对抗时间的成果。我们应当创造出更多对抗时间的方法。

京城的紫藤花，景山和中山公园、植物园亦有盛景。景山观德殿旁关帝庙的庭院里，老紫藤缠在一棵高大的柏树上，树已经没有了生机，但弯曲的虬枝挂着新生的紫藤花向天空伸展，绚烂而苍凉。着花的藤蔓垂向厢房的琉璃瓦，琉璃瓦的缝隙中，开满地黄可爱的花朵，淡红色花瓣深红色花芯，那些圆而小的花，宛若一个个活的小精灵。景山山顶万春亭前太湖石上也爬有几棵紫藤，一挂挂花穗垂落在"京华揽胜第一处"石碑上方。东边山脚亭子旁有一棵紫藤腾空而植，没有东西攀附，跌落在地上，缀着串串藤花，十分华丽。常有人坐在这紫藤旁写生，一朵朵牡丹跃然纸上（牡丹和紫藤同期开放）。亭子间传出京戏的青衣唱腔。树林间有小鸟欢叫。在景山，每年都有这样令人愉快的人、事、物。那些对着花高歌的人、舞蹈的人、吟古诗的人、写生的人，都是无常而珍贵的人世风景。

中山公园也有很多紫藤绕古树，有一处紫藤伏在水榭旁的假山上，映照在水中，紫影晃动。中山公园紫藤开放时，欧洲木绣球、楸树花、郁金香也正盛放。来今雨轩茶庄后有一大丛猬实，花开得很繁盛。还有一树高大的、与雪松齐高的紫花槐（紫花槐的落花像紫藤落花）。茶庄与故宫一墙之隔，抬头就能看见端门城楼巍峨的一角。此外，植物园南园也有几架紫藤，其中还有一架是白色藤花，花开时紫花与白花交织。北园牡丹园旁有一架紫藤开在假山石洞上，紫藤不远处有大丛牡丹开在巨大雪松的荫翳下，娴静而带着山气。此时植物园同时开花的还有珙桐、洋槐、流苏树。春山新绿中，流苏树繁密的白花是那样明洁而美丽。草丛里闪烁着野豌豆的紫花，马蔺花大片绽放。北地的紫藤虽没有南方紫藤的那种润泽，但这些与紫藤有关的独特风景，也只有在古都才能领略。

天气原因，今年北京紫藤花期很长，几乎从四月中旬开到立夏，在鸢尾花、黄菖蒲、七叶树、四照花开放的崭新的五月，紫藤还有几穗余花。"一切衰败之物、老迈之物、脆弱无常之物，只要有真意蕴含其中，生命可谓永恒。"万物会衰朽，但树木和花朵的更新、重生，也是一种永恒。

2022年5月，立夏

紫藤与大成殿一角

景山关帝庙的紫藤,瓦上长着地黄

孔庙大成殿前的紫藤

春之临终

"五月雨,在春坠入的幽暗世界的罅隙里,下个不停。"特别精准地写出了五月雨天昏暗阴冷森林般的气息。五月上旬春夏之交的日子,的确是春天坠入了幽暗世界的罅隙,春天的影子在明暗之间时隐时现,这大概就是春之临终吧。

五月初日,池塘畔黄菖蒲绽放,宛如儿童般可爱,给人带来崭新的心情。植物之中,或许鸢尾科的气质最像儿童(虽然牵牛花也像)。青蛙摇动黄菖蒲的剑叶,在花丛中传出带着丰沛水汽的鸣叫。红鲤鱼也从那鲜明的黄花下游过。新生荷钱尖角露出水面,池中遍生青圆的小荷浮叶和睡莲浮叶。刺槐和鸡树条缀满白花。金银木的花散发着淡淡的香气。泥胡菜一些浅紫色的花已经变成白色冠毛了，风吹过，毛茸茸的冠毛在空中旋转。鸢尾花带着暮春的气息，紫色外花被片上的那抹白色犹如翅膀，充满着活力。这样的时辰清爽洁净得像刚洗过的头发，令人精神抖擞。

立夏日，白蔷薇初开，香气四溢。人们开始喜欢水边的凉爽和惬意，水边到处是人，钓鱼的、坐船的、练习乐器的、野餐的。高大浓绿的七叶树点满了白蜡烛似的花。有几棵七叶树有三四层楼高，绿叶白花映在二楼透着昏黄灯光的窗玻璃上，美好温馨。一扇窗户敞开着，透过枝叶只能看到幽暗房内的墙壁，墙上挂了一幅画，这样有着七叶树花的窗口，仿佛该住着《蓝》里面比诺什那样具有消极自由的人。西山碧云寺一个院落有几棵老七叶树，那白烛似的白花在古寺里显得格外宁静深悠，有年初夏我家小朋友倚靠着七叶树，在花下翻看小人书，成为她童年的风景。

立夏后各种蔷薇、玫瑰花开放，雨后昏暗清冷的清晨，缀满雨露的花朵散发着幽香。这是春天回光返照的时刻。楼下的樱桃熟了，傍晚，孩子们围着樱桃树摘果子。花园里一架白花野蔷薇开得很繁盛，蔷薇花下方开着一片月季花，到处香喷喷的。这时笋还没下市，樱桃成熟，是"樱笋园林绿暗"。

北京的五月，重要的花还有芍药。实际上四月下旬牡丹还没下市时，芍药就上市了，有时从市场回来，左手提豆腐右手抱牡丹、芍药。家中整个五月都充满了芍药的香味，插完一拨芍药会再买一拨，在花香中都舍不得出门，芍药甜美的香气像甜点的香气。终日对着芍药花——真想咬一口。白色芍药肥美圆润的花苞特别像包子，暗红色芍药的花瓣像反光的缎子，粉色芍药层层叠叠浸润着春色，黄色的芍药最像牡丹。也偶尔出门看芍药，景山的芍药品种虽多，但还是圆明园成片开在野地里的芍药更壮观好看。植物园的芍药和牡丹一样，开在山中雪松的荫翳下，有广阔的山野气。《寅次郎的故事》之《再见夕阳》里也有芍药画面，电影呈现了迷人的暮春初夏气息，拍出了季节本身的魅力和风物之美：五月黄昏粉红的天空下，街巷上空飘荡着民谣《红蜻蜓》，古屋墙外的田头黄菖蒲盛开，庭院里开着一片芍药花，柳树的枝条耷拉下来，无精打采的，从庭院望向客室，茶几上放着一碟枇杷。远处，青色山峦前的大桥上，成群结队的女学生欢笑着在五月的风里骑车而过。

五月是穿衬衫和针织薄开衫的舒适时节。在这个享受的时节，理想的生活是能住在静谧的绿色树丛中，溪流旁边，简朴的小房子里，在院里种上各种喜爱的花木，梅、李、樱、桃、梨、橘、松、竹、紫藤，再种上绣球、百合、牵牛等一些草花。

黄菖蒲

圆明园的芍药

房子里有整架书，倾听鸟鸣虫唱，瓜果浮在溪水中。

五月中旬，属于春天的清凉而深谧的睡眠还在延续，但凌晨四点，会被一只乌鸫侵扰，它每天都在拂晓的幽暗中婉转鸣唱。五月的天空越来越明亮，每个早晨都金光灿灿。因为疫情的原因，除了几个皇家园林，京城大部分公园都关闭了。无处消遣的人们涌向河边和大街上。清晨的小公园响着刈草机的声音，嗒嗒嗒，听起来很无情。透过铁栅栏，看到草地上一丛天目地黄开着玫瑰粉的花，人和花只能隔栏相望。学校早就停课了，商场（除了超市）和饭店全部歇业。日子在指缝间流逝，让困倦的灵魂们深感不安。天气太好了，阳光炫目，白云明洁而自由，更突出人世的哀愁。是"初夏明亮阳光也无法消解的茫茫人世哀愁"。黄昏迫近，天上出现淡月，西边云霞如山，芍药散发着香甜的食物般的香气，窗外小孩们在庭院里玩耍的嬉笑声却格外响亮，这声音正与母亲呼唤他们回家吃饭的温馨相反，透着一日又尽的怅然。一朵芍药开到最后，花瓣啪嗒啪嗒掉在暗沉的桌面上。花谢得太快了，让人心神不定。

这时最需要自然的安慰。去圆明园，野花遍地，二月兰结出果荚，苦荬菜开着大面积的朴素的黄花，麦蓝菜一簇簇的粉色小花清秀而娇媚，刺儿菜的紫花显得亲切，涓涓小河边开着湖水似的蓝紫色矢车菊、雪白的大滨菊，带来清爽的凉意。草丛中夹杂着黑种草蓝紫色的花、虞美人艳丽的红花、林荫鼠尾草的紫色花序，这一切都赐予人平静，似乎世界尚在秩序之中。

去西山。南植有很多开白花的植物，暴马丁香、太平花、山梅花、金银花，又是香气弥漫的时节。四照花的苞片犹如千朵万朵白色飞鸟。树丛传来久违的四声杜鹃的鸣叫。转到香山静翠湖，蓝天白云和山色都映在池水中，池中白睡莲绽放，清纯无垢。于是，为忧虑和琐事困扰的人，被这些花和白睡莲拯救了。日常植物的意义就在于此，能让人得到慰藉。对我们而言，日常中的植物（种植的树木花草、野花野草、果实等）是重要的，因为在稳固的时序里，日常植物是你想看时就能轻易看到的，触手可及，亲切如朋友，不像高原和高山植物那般可望不可即，然而它们不分优劣贵贱。对大自然而言，所有的生命都是平等的。只不过，日常植物揭示了平凡的伟大，更能体现四季流转，有取之不尽的能量，它们的美与神奇隐匿在日常生活的宝藏中，只待有心人和幸运之人去邂逅。如里尔克所说："像蜜蜂酿蜜那样，我们从万物中采撷最甜美的资料来建造成我们的神。"日常植物之美与日常生活之美，并不会等着你去偶遇，而是需要一双保持新鲜和敏感的眼睛，主动去那无形的宝藏中采集。并不想过分夸大植物的作用，但也不能轻视之，植物无疑能让人活得更好，是生活中甘美的存在。它应该像星辰、雨水、云霞等诸般美好事物一样，在人们心中占有一席之地。因为有这些事物，活着就不会是虚无的：它们能让人感觉到物与我的价值，体会到活在当下的感觉和一些生命的真义。也许，充溢着花的每一天，日子就不会是虚度的。

五月下旬，夏日气息越来越强烈。随着芍药季的结束，春天真正结束了。云海广阔无垠。河畔蜀葵绽放。成熟的桑葚掉了满地，台阶染满暗紫色，地上被踩烂的果子像经过了发酵，散发出酒气，一阵风过，成熟的果实纷纷落下，啪啪打到草帽和衣服上。尤其是夜晚，有时跑步路过桑树下，烂果子的酒气裹着热风迎面扑来。

2022年5月

百合时节

五月倏忽过完,迎来了六月。虽是在北方,花摊也摆出了栀子花、茉莉花、绣球花、铁炮百合,看上去一片清凉。菖蒲和艾草也插在花丛中,迎接端午节的到来。艾草边上,唐菖蒲开着淡紫色、白色、娇黄的花,显得水汽弥漫,仿佛长在水边没拔下来,也适合于这个节日。六月初至夏至是北京初夏最后一段清凉的日子,此后就进入溽热的苦夏了。这段日子也正是百合花开放的时节。

往年这个时节,我都会去附近大学的药草园看岷江百合,这成为我在夏天的趣事之一。每次看到那几簇百合花,就会想起谷川俊太郎的诗句:"六月的百合花让我活着。"那附近还种有一棵北方极少有的广玉兰，在六月开出硕大的白花。有疫情后，校门禁止进入，我只好去山中寻找百合花。幸而植物园卧佛寺旁幽静的宿根园中也有一片岷江百合，最早在儿童节就绽放了，那朵朵喇叭似的百合花像洁白的儿童节舞裙，园中有各色铁线莲、蓝紫色的亚麻花、毛茛的小黄花、黄色的月见草、粉红的美丽月见草怒放，五彩缤纷。还有几株特意栽培的高原花朵（有总状绿绒蒿），被铁栅栏围着，一副营养不良却十分尊贵的模样。那一片岷江百合如今也只剩下稀疏的几茎了，但那百合花鲜洁的清姿却永远摇曳在心底。此季去香山、植物园，西郊线铁轨两旁挺立着繁茂的蜀葵，绚烂多彩，电车开过时一派天真烂漫。

　　端午节后去花市挑了几枝铁炮百合（麝香百合）、一盆栀子花和最后一把芍药。花市外面的街边种着几丛细竹，竹叶发出鲜翠的新绿，才想起南方正是山中竹子的新绿时节，并且进入了梅雨季。北京也进入了雨季，西山雾蒙蒙的，山林中点缀着一树树栾树的黄花。下雨天的夏夜，在雨声中，房间里浮动着百合花混合栀子花的气味，十分温馨；另一个房间，则是淡淡的芍药香气混合艾草朴素的气味。每个季节不同的香味会引起相同的幸福感。在限制中（居家隔离），花香带来自由，令人沉入思想。有时百合的香味过于浓郁，只好把沉重的玻

植物园的百合

铁轨旁的蜀葵

璃花瓶搬到客厅去。房间里只剩那盆栀子花。窗外虫儿和知了的音律都起来了，昏暗夜色中，朵朵栀子花更显雪白，香气也比白天浓郁清幽，也许因为周遭和人心在夜晚都静定了，花香才会更突出。偶尔也会想念家乡的栀子花，雨中开得繁密的那一丛，如今已恍如隔世。

在能买到的百合花种类中，最喜欢铁炮百合。深作欣二的电影《华之乱》（1988年），是关于与谢野晶子的故事，主演吉永小百合手捧铁炮百合在树林中追逐的片段特别令人喜欢，晶子本人也喜欢百合花，她在短歌中以白萩来称情敌，以白百合自称。拍百合花特别美的电影，还有若尾文子主演的《越前竹偶》（1963年），这是一首关于女性苦难的哀歌，电影中白色百合花出现在清晨的淡雾中，开在土路旁，附近迈过兴冲冲的脚步，但这百合花深处却潜藏着悲愁。那几朵雾中的百合花就像若尾文子美丽又哀愁的脸。此外，小说《奔马》把百合花的美丽描写到极致，在一场优美的祭祀活动中，到处插着山百合，作者赋予百合花神性的光芒，"仿佛世界的全部意义都含蕴于百合花之中了"。

百合时节的风是沁凉的。去圆明园，从地铁出来，走过经年的通道，风从入口灌进来，把淡紫色的衬衫吹得飘起来。这个季节穿衬衫令人感觉轻盈自由。想起侯孝贤的《咖啡时光》，一青窈穿着各种衬衫在城市里走路，把衬衫穿得十分自由的感觉，可以随时旅行，随时回家。展现了自由又独立的女性之美。

圆明园的野地在夏日白茫茫的，有人打着遮阳伞从晒得干巴巴的荒草间走过。沿着涓涓小河边的树林散步，树丛中蝉鸣阵阵，山麻雀的叫声快速如雨滴洒落。阴凉的河岸树荫下搭着帐篷。一片荷塘旁长着几棵合欢树，正开着如梦似幻的合欢花，红栏桥边的一树合欢花远望如孔雀开屏。池边长满芦苇、香蒲、千屈菜、梭鱼草。芦苇丛中蛙声一片，荷丛深处传来鹍鹧的鸣叫。黑水鸡在浮叶间弯弯绕绕地游着，鲤鱼在幽暗清澈的水中戏水，儿童们不停地往水中扔面包屑。白荷花绽放，四声杜鹃远远近近地叫着。粉红色荷花弥漫荷塘，风吹来似乎都带着爽净的香味。远远地有赏莲船在水中开过去。到了黄昏，四声杜鹃的叫声越发清亮，噪鹃一声又一声，听起来凄凉而寂寥。

这时节阵雨后的傍晚，地上爬满了蜗牛，无处下脚。风吹过，蓄在树叶上的雨水纷纷被摇落，冰凉凉地打在头上。晚霞分外绮丽，云团粉红色中带着灰色，两色交融的地方呈紫色，可惜稍纵即逝。

一次夜雨后，空气中浮着青白色的雾气，夜跑路过一个昏暗角落，在湿润的夜气中闻到一种又细又淡的幽幽香气，跑快一些，香气加速，低头寻见夜色中有细碎的小花落在地上和水洼中，原来是梧桐树的黄色小花。这角落种了几棵梧桐，平时并不引人注意。夏夜，这不易察觉的花通过花香，让人拥有如获至宝般的瞬间。也很喜欢夏夜里的雷声，有时隐隐的，仿佛远处有人在擂鼓，让人安心。早晨的雨也令人喜爱，附近公园种了紫色、粉红色、淡蓝色的绣球花，雨珠贮在一团团滚圆的淡蓝色花球上，湿漉漉的，宛如镶嵌了滴滴透明钻石，无限清凉，像俳句："紫阳花啊，一团露水的声音。"

风扇早就拿出来使用了。到了六月二十日，要铺上藤凉席，洗窗帘，洗空调，清洁室内一切积灰尘的地方，这样室内才会洁净。打扫完房间，心灵和生活都井然有序，焕然一新。房间的美丽大半原因是整洁所带来的，家具是一部分因素，但整洁更为重要，即使陋屋一间，只要打扫得干净也会让人舒心。地板擦得一尘不染，工作时电扇把栀子花的芳香吹来，踩着凉而光洁的木地板，也是惬意的事。窗外天空夏云嵯峨，磨刀老人拍打着铁片的声音格外刺耳，却带着麦芽糖的气息[①]，时而切换成唱歌似的叫卖声，带着旧时的老北京风情。有时则是"换纱窗、换纱门嘞"的叫卖声，在茫茫的夏日午后听起来十分寂寞。

[①] 在永嘉这声音用来收破烂换敲糖，敲糖是一大块麦芽糖做的，换糖时用铁片打下一小块。

夏至前后，瓜果蔬菜种类更丰富了，荔枝六月初就上市了，喜欢桂味荔枝，果肉洁白如玉。西瓜、甜瓜、哈密瓜、樱桃、芒果等，都讨人喜欢，都是夏季的身体所需，随着季节推移，身体自己会辨识应季物，发出想吃什么的指令。喜欢切瓜时发出的声音，和冰块落入玻璃杯一样清脆凉爽。最可喜的是桃子成熟了，黄桃、油桃、蟠桃、平谷产的大桃，都清甜美味。这些色泽鲜艳的美丽桃子，让人体会到夏天的丰富和美好、季节流转的稳固、日常生活的无限力量。清凉的天气和水果都能提升夏天的幸福度。凉爽的天气是首要条件。眼下，我有时看书，有时写作，天气凉爽，空气通透，瓜果可口，这样沉浸在阅读的避难所里安心度日、忘记严酷现实的夏天，让人感到前所未有的清静悠然。蔬菜最爱丝瓜、黄瓜、西红柿，此外细长的紫茄子、蒲瓜（即瓠瓜，一种葫芦）、冬瓜、空心菜、苋菜、黄豆、玉米等时令蔬菜与作物都清爽好吃。新莲藕和茭白也上市了，然而还是初秋的更好，茭白老家叫茭笋，因有笋味。

　　百合花、栀子花，接着是绣球，都渐次结束的时候，夏日会越来越寂寞。树的青荫也越来越邋遢，是越来越暗的绿色，只有知了在暗绿中不停鸣叫，就这样迎来七月。

2022年6月

紫色的治愈

今年（2020年）七月京中虽不算热，却也过得愁苦。南方各地水灾，以及不断发生的令人难过的新闻，何况疫情将人困在一地动弹不得。在沉默和限制中生活，夏天单调的那几种夏花，在不经意间还是会让人心动。

前一阵购买了几次桔梗花。有一天特别沮丧，在午后忽然发现一朵新开的淡紫色的桔梗花，特别温柔的颜色，花瓣比开久了的浓紫色浅很多，偏蓝一点。看到这一抹清新的淡紫色，顿时就不沮丧了，感觉到神奇的治愈效果，我很少在盛夏之花中体会到这一点。唐纳德·C.皮阿提的《四季物语》有很多真知灼见，他说夏花带有强烈的热带元素，令人心烦意乱，秋天的花几乎全限于高大繁茂的菊科，但是春日之花有一种什么成分，透露出美妙的单纯与统一，把我们带回到世外桃源。我是很赞同的。春天的花很盛大，比如连绵起伏的蔷薇科花树确实很能制造世外桃源的效果。况且，于我而言，春天本身就是一种世外桃源。而北方盛夏的日常之花原本就不多，且似乎大多不像春花那样富有韵味和充满力量感。

桔梗花没开放时的花苞呈僧帽状，五个花冠裂片绽开的时候让我想起电影《寄生兽》中的寄生兽，仿佛忽然哗地裂开了。初绽时，花芯中间的花柱上面布满雄蕊传授的花粉，一两天后，黄色花粉可爱地洒满花瓶周边（雄花期），雄蕊花粉散尽之后花柱柱头裂为五瓣，绽出一朵白色的"小花"，接受外面的花粉（雌花期）。接着花朵就开始萎谢，花朵的紫色也越来越淡。

另一种我喜爱的夏日紫色花，是紫薇。它有白、淡红、玫红、淡紫等颜色，各种颜色都有其可爱之处。前几天女儿在楼下花园和她的小玩伴们玩耍，花园里紫薇花正盛。一个小朋友发现地上有一只蝉，我让他把它放到边上的紫薇树上，知了爬在紫薇树上，恢复自由的样子。顺便和他们科普了紫薇。孩子们的心灵和眼睛要比大人细致与敏锐，在夏天他们会发现地上的很多东西，蜗牛、蚂蚁、爬虫、蚯蚓、蝉的尸体等，女儿下楼玩回来后经常跟我报告她的见闻：妈妈今天我看到紫薇树下有一只蝙蝠，可能害怕阳光吧，它展着灰色的恶魔般的翅膀，趴在树荫里休息，但毛茸茸的好可爱呀！我想紫薇花和蝙蝠一定会留在她童年的记忆里。

七月上中旬北京像进入梅雨季似的，连日阴雨天，街上遍地是国槐的淡绿色落花，树下落满花的地方像照射着一道光。路旁车上也被国槐花覆盖着，宛如积雪。有的路段则种着栾树，树下洒满黄色的落花，像金桂落花似的，地上仿佛洒了一层金屑。行道树的国槐花因为被行人踩踏，像踩脏的积雪般显得邋遢。构树的红果也掉在地上，像被踩烂的杨梅，爬满蚂蚁。北海公园槐树道的落花就干净得多，散步时还可以欣赏着簌簌的槐花雨。雨天的夜晚，我常常打着伞快走或慢跑。某天晚上下着细雨，在雨中慢跑看到紫薇花浮现在薄薄的雾气中，花朵缀满水珠，显得很清凉。这是在夜雨中饮水的紫薇花啊！紫薇花似乎种在哪里都很相宜，深山、古寺、庭院、城市的园林、公园和街边，它们的身影无处不在。电影《冥王星时刻》里，深山中一户农家小院种有一株紫薇花，那树娇媚的紫色花和美丽的女主人相得益彰，紫薇把一个年轻寡妇的寂寞和欲望映衬得特别真实生动。

北京植物园的紫薇颜色较为丰富，最喜欢宿根园入口的一树红薇。一个夏日午后，我从樱桃沟阴凉的水杉林走到卧佛寺门口的通道上，通道之上亦是一片暗绿的松杉之色，还有那长长的低矮红墙的墙头，长满翠绿色的青苔。就在这郁郁青青的绿色中，红墙缺口处（宿根园入口）的绿色树丛中，忽地出现一树嫣然的红薇，令人精神一振，啊，像一个静寂之境的入口。宿根园也的确是静寂之境，树林中无人踩踏的小路长满了湿苔。北京的夏天不少地方会让人体会一种典雅的古都氛围和广大的幽静感，如国子监外那条国槐树浓荫蔽日的成贤街；又如颐和园，宽阔的湖面碧波荡漾，昆明西湖荷花绵延，苇草摇曳，草下时有游鱼闪现，客船泊在岸边，河畔爬满打碗花（旋花），树根处攀着田旋花，草丛中射干展开橘色的花，还生长着桔梗的紫花、黄色旋覆花，巍峨古建筑上麻雀啾啾，尤其是雨后，远处西山云雾缥缈，玉泉塔矗立在山水之间。还有北海、什刹海的荷花，长城的云海、山风……这一切无不让人感到这古都的魅力，令人觉得真正的夏天原来并不是要去恋爱，而是去感受幽静。

有天跑步后，在楼下花园折了一小枝紫薇花，想仔细观察一下它的开花过程。这棵紫薇的花是紫色的，没开放的花苞是小小的绿色带暗红的小圆果形状（有点像蒴果），其实是六瓣花萼，六瓣花萼打开后，绽放出顶生圆锥花序的花朵，有六瓣皱缩的花瓣，而且特别可爱的是，花瓣具长瓣柄，紧紧着于花萼的每个缺口上。早晨新开的紫薇花朵里，雄蕊布满黄色花粉，闻起来有淡淡的清香。用手触摸，手指会粘一层花粉。大概一天后，花粉落尽，花蕊处只剩下光溜溜的花丝了。这种观察让我体会到一种类似于蜜蜂取蜜一般的细微快乐。

七月盛夏时节，北京的街市开始卖莲花、莲蓬、莲藕、藕带，这几样事物放在一起，在视觉上就有一种清凉舒适。黄昏时分，楼下街上偶尔传来卖麻花的叫卖声："卖麻花，东北大麻花。"一不小心听成了"卖莲花"，感觉古老而新鲜。买几枝莲花来，倒过花梗灌水后，插在高水位的花瓶内，第二天清晨就啪地开花了（想象的声音），这也令人高兴。《游居柿录》里说："晚纳凉谷门，偶见紫薇花一枝，嫣然已开。有老仆曰：此花开，则新米入市矣。"日常生活中，植物的这种与生活紧密相连，花的开放与谷物蔬食、时序推移息息相关，想到自古以来就是如此，是很动人的。

2020年7月

石蒜花开，秋风起

过了立秋，阴雨天的早上和傍晚能感觉到浅浅的秋气了。有诗说："秋天来了，怒气、痛苦，都稍稍沉静下来的，这流转不息的世间啊。"我喜欢每个季节开头那隐隐约约的、模糊的、偶然显现的、难以捕捉的季节的讯息。譬如在中科院植物研究所看石蒜花时，偶尔一阵凉风扑面，夹着几缕秋天的气息，那种时刻，是能放下忧虑与哀愁的。今年（2020年）是特殊之年，所有人的忧惧都有了具体所指。这让人时常有一种身世飘摇之感，仿佛坐在幽暗潮湿的井底。

南园的石蒜也实在是稀疏可怜，恰逢最近多雨，红花石蒜开得比去年还少一些。记得去年有一簇石蒜开得特别好，在夕阳下发光的样子美极了。红色虽然是一种热闹的颜色，但在石蒜花上却是一种寂寞的红，宛如夏天结束时脚指甲上褪色的红色指甲油。南植的白色长筒石蒜和粉蓝相间换锦花要多一些。忽地笑只有三四簇的样子，黄色的中国石蒜大多已经开败。北植曹雪芹故居庭院的竹林下种有一片黄色的中国石蒜，黄色的花搭配着北方特色的门廊、卷帘，富有特别的韵味。黄色石蒜中，最喜欢稻草石蒜，可能那种朴素的黄颜色会让我想起稻子。今年，南园的石蒜虽荒败，那几簇将近被荒草淹没的红花，反而有了野气，每个路过的人，无不一一为它停留，赞叹它们绚丽的颜色，令人想起故乡山中开在幽林下或山路边草间的红花石蒜。楠溪江山里有的地方叫它打碗花，因说摸了它，回家就会打碎碗。关于石蒜花的文章，大多先是写梵语中的名字，再写花叶不相见，还有引用古书中之"金灯花"的。

柳宗民说石蒜并非土生土长的日本植物，中国才是它的故乡。但在日本石蒜种植很广泛，乡村野路到处有成片的石蒜花，还有种在梯田田埂上的，那红色和稻田之金黄相互辉映，十分壮观，令人心动。记忆中不少日本电影里都有关于石蒜的画面，如《周围的事》《天然子结构》《寅次郎的故事》《家族之苦2》等。电影中也有石蒜花成片开在树林里的场景，幽暗森林中成片的石蒜花显得鬼气森森的，似乎还带着笑。山田洋次很喜欢拍石蒜花，《寅次郎的故事》里，常有石蒜开在水岸边、草丛里或村路边。《家族之苦2》里，小林稔寺扮演的穷苦七旬老人，打工时在工地吃午饭，工地旁的街边正开着一片红花石蒜。下工后，他掐来一枝，带回简陋的居所，用玻璃小花瓶插起来，让人看到他落寞孤寂、凄苦无助的生活中的一抹光亮。不久，老人在聚会喝酒后逝世于他人家中，那枝红花石蒜奠定了悲伤的基调，似乎预示着他的死亡。于是一枝花，也就与生死紧密相连了。

手边有不少俳句集，写石蒜的不多，只有种田山头火有几首写石蒜的俳句："曼珠沙华开簇簇，正是吾身安睡处（石蒜常开在坟墓旁）。""佛前石蒜花，折花在彼岸"，想到石蒜花插在佛前的情形，那是何等静穆。于个人而言，见此花，是秋天的开始，炎夏的闷热与颓靡似乎都暂告一个段落了。虽然换锦花也很美丽，尤其是花瓣上那一抹明丽的幽蓝色，然而，我还是最喜爱红色的本种石蒜，它极富乡土感，也很有灵气。金子兜太有一首："石蒜花绽开，都是秩父（地名）的孩子，鼓着小肚子。"让我联想：石蒜花啊，和我一样，也都是故乡的孩子。

南园石蒜花开时，毛茛科银莲花属的秋牡丹也开花了，

秋牡丹

秋牡丹之花纤细精致，浅紫或浅粉色的花朵开在宿根园阴暗的林下，显得十分醒目。这时节，紫菀的淡紫色也是可爱朴素的，海州常山的香气意外地浓郁好闻。在草本园还见到茜草、龙芽草等，楠溪江的石滩上也长有龙芽草，开黄色的小花，见到它常常会想起秋七草之女郎花，就是黄花败酱（黄花龙芽）。玉簪花也开了，两个长长的对称白色花苞宛如兔子的耳朵，从宽大的绿叶中伸出来，有着可爱的动物感。有松鼠淡定地埋好核桃，然后慢悠悠地跳走。池塘里，睡莲叶子上趴着青蛙，慈姑花静静绽放，那么新鲜纯洁。那天下午，见到这些美好的事物，心中久违的曲径通幽的纯澈之感复苏了，一起回来的，还有那平静的心情。自然的内在力量让人不会失却爱生活的能力（或是快乐的能力），这有力的慰藉让人充满电力。八月，对生活，又恢复了斗志。

2020年8月中旬

秋天的故事

空旷之地

　　北京的初秋从八月下旬就开始了,街边白玉簪发出阵阵香气,河畔爬满牵牛花,有的缠绕着蜀葵,蜀葵顶端开出最后的花。到了九月初,雨后的秋风变得很清凉,凉气像是裹挟着瀑布的水雾一般沁入肌肤。空气新鲜得犹如刚切开的瓜,似乎还露着艳红的瓜瓤。秋虫声清越如笛,从路旁灌木丛中一阵阵传来。
　　西郊线铁轨两旁开满了牵牛花,成片深紫色、紫红色、淡红色、白色的,弥漫在发黄的草丛间,壮观得令人惊叹,它们在车窗外一掠而过，像一个个深远的无法触及的梦。而且过了早上，梦醒了，会像露水一样消失。要是能踏进那片牵牛花盛开的地方，也许会有夏天在湖里游泳的感觉吧。

在植物园南园，紫色的紫珠闪亮地缀满枝头，流苏树结着丰美的黑果，金银忍冬、山茱萸、红豆杉等树木都点缀着透亮的红果。胡枝子（百望山的山野上有很多美丽的胡枝子和筅子梢）、秋水仙、秋牡丹等秋花都开得繁盛，紫菀和其他菊科茂盛漂亮，透着强韧。最吸引人的则是开着紫色花的北乌头，一群人围着那丛花照相。宿根园里有一片美丽的红蓼，四周绕着茑萝，秋趣很浓，觉得北京初秋不能缺少红蓼，且这种花要在野地里随意遇见才好，不必刻意去寻找。水杉林像浸在水中，林下草丛中生着成片鸭跖草，有虫声在那晶莹的蓝花间幽幽地鸣响。走到植物园边缘，围栏外，一片葡萄园挂满紫黑的葡萄，葡萄丛中有金钟儿（日本钟蟋）传来铃铛般的鸣叫，丁零零，极为美妙悦耳，这是初秋的声音还是大地的声音？葡萄园旁的斜坡草间浮现很多白点，是白色的"银河"牵牛花，花中间带着紫色的星纹，无数紫星在那花间光明闪耀，正如"银河"，无限辽阔。这大概就是"得到日光和空气的空旷之地（泰戈尔）"吧，在这样的地方，是能够看见你的内心之神的。

仙鹤

秋分是北京秋天的分界线，秋分后，宛如湖水似的初秋过去了，秋天日渐深沉清寂。这时节哪怕是在街边绿化带走五分钟，都能收获五分钟的美妙，尤其在居家隔离之后。火炬树暗红色的果穗火焰般挺立在黄绿色的树丛中，连翘重新开出黄花来。一只黄喉鹀雌鸟混在一堆麻雀里藏在灌木丛中，清脆的叫声出卖了它，它不像雄鸟那样有着明黄色的喉部和头顶，不那么鲜明美丽，但听到它的声音和看到它都足以让人开心了。而后在小区里看到一只北红尾鸲雄鸟，它衔着一只小虫子，站在高高的围栏上，浅橘色的肚子圆鼓鼓的，阴暗树影下，翅膀上的白羽在暗羽的映衬下格外洁白鲜亮。无论是色彩黯淡的黄喉鹀雌鸟或北红尾鸲身上的浅橘色和白羽，都令人如此兴奋和快乐，这意味着我重新呼吸到新鲜自由的空气了，这空气如剥开的柑橘般冰凉甘美，散发出刺激的清香。我们为什么喜欢看到鸟儿？因为喜欢自由的感觉。

一天之中，我习惯抽点时间去看看树和鸟儿。附近公园有一片山楂树，结满了红色的山楂，有天发现一只黄雀在那树上吃山楂，但很快就飞到别的地方去了，它将我引入一个无人之境，一个没有什么活力的奇怪地方。公园原来荒着的这块地竟然如此广大，大到在里面建了一个小园林，盖了几座凉亭，并种上很多牡丹。在园林尽头，隔着栅栏，眼前展开一个宽阔的松树庭园（私人庭院）：园中池水闪耀着金色的波纹，岸边和山坡上长满松树。靠近栅栏的平房里养着几只丹顶鹤（俗称仙鹤），那一溜平房用细细的铁丝网围着，隔成几间，关了二十多只仙鹤。

那之后过了一周（十月中旬），远近树木都浸染了秋色。天空高爽明净。阳光照射下，树木铺彩展艳，火炬树的叶子已经完全变红，红色果穗融入红叶之中难以分辨了，一片银红械树林红彤彤的，柿树上的柿子也红透了，色泽美丽。君迁子由青转红，波斯菊开得绚烂，大丽菊和鸡冠花残败了，草地上，牛膝菊渐渐凋零，蒲公英又开出金色的花朵，早开堇菜结着果荚，却再次开出深紫色的花来，那是它春天的回忆。糯米条花丛开着繁密的花，像春天的灌木。有金翅雀和远东山雀在树丛中悠然地叫着。走到关着丹顶鹤的房子边，看到它们正在静静地整理羽毛和吃东西。我用手机播放了一段丹顶鹤的鸣声，想观察它们的反应。结果，仙鹤们停止了动作，伸着细长优雅的脖子开始仔细聆听。录音里的是一群辽远而自由的声音，像是从茫茫水岸上空传来的鸣叫，这群丹顶鹤仿佛是听到了故乡的声音似的，随即，集体发出悲鸣般的啼叫，那无助的声音令人觉得震撼又悲伤。有的展开宽大的翅膀飞跃而起，却无法翱翔。这些囚鹤和我们多么相似啊，同样向往着自由和辽阔。

秋叶

十月下旬，琥珀色的美酒般的秋色从深山蔓延到了城里，路旁孤独的秋树一株，也让人深感美丽和喜悦。秋天满树的金叶或红叶达到了春花满树的效果，尤其是阳光照耀的日子，令人坐不住，忍不住出去，像树一样吸收着阳光。银杏树和一些洋白蜡（美国红梣）笼罩着令人震撼的纯金色，那些金黄的树木，仿佛在提炼金子似的，时间越久，金色的纯度越高。现在，它们的颜色到了最纯的时候。没有月亮的夜里，夜色浓黑得像一颗浓郁的巧克力，四周幽暗，金色的银杏树犹如黑漆上的泥金画一般在黑暗中凸显出来。若春天是花的季节，那么秋天就是树的季节，它们的灵魂透过色彩的变化而流露出来，到处吸引着人类。阳光赋予它们不同的色彩，有时你简直难以相信一棵洋白蜡（或元宝槭）和另一棵会是同一种树。天色晦暝的日子，秋风萧瑟，这些凝聚着阳光的事物，可以短暂地代替阳光来照耀人们阴郁的内心。树叶最美的两个阶段一是春天初生新绿时，一是秋天燃烧到颜色最浓烈的时候。秋天的树和春天的花树共同点是都很梦幻，但春天的花树是欢乐的，是新生，可以结出果实，而秋叶却没有春花那么真实，像一个哀伤而斑斓的假象，它的整个燃烧过程仿佛在酝酿一出悲剧。

十一月初，西郊线挤满去香山看红叶的人，大家津津有味地谈论着红叶，仿佛红叶有清香，或是一种可以入馔的甜点。南园树种丰富，走入一片高大的树林就迈入了秋天清冽的深部，那些树木如薄荷般清新，令人精神振奋，忘掉了忧愁。夏栎的叶子红透了，形状像优雅的提琴，蒙古栎叶子更为粗犷，黄绿交织，山毛榉科的槲栎叶子十分阔大，绿色杂着焦黄。青檀树形高大优美，线条流畅，黄叶已铺满地面。栾树、山杨、刺楸，都披挂着一身明丽的黄叶。细裂槭高瘦精致的红色树身从一片黄绿色中凸显而出。沼泽山雀在林间吱吱地鸣叫（鸣唱则是另一种音符），牵牛花大多熄灭了，虫鸣也变得微弱。一棵火红的山胡椒树明艳夺目，独自寂寞地立在花坛中间。黄连木的红色果实绽放在枝头，蓝天下远远望去像一簇簇红色烟花。

去香山，我喜欢走一些人少的路。先去驯鹿坡东的"看云起"亭遥望香山全景，那满山烂漫的红叶（大多是黄栌），如霞似锦。亭子下方山坡低矮的扁担杆林间结着稀疏的红果，林中有成群的棕头鸦雀，叽叽喳喳地喧闹着。往东走，山路边有棵高大美丽的元宝槭，显得光辉灿烂。这里有不少扁柏树，是黄腹山雀的大厦（也是燕雀的），它们长久地停留其间吃着扁柏果实内部的种子，那种子大小颜色有点像麦粒。有的忙进忙出，可能在储藏粮食呢，那些忙碌的、带着娇黄色的姿影令我倾心不已（鸣声也动听）。拐到一条狭窄的山径上，小径被低矮的灌木、杂木包围着，有的枝条成拱形，形成像《龙猫》中的草丛隧道。草木构造了一个何等奇妙的世界！行走其间，树丛中不断有远东山雀的鸣声流淌而来，并且它们的身影一直和你捉迷藏，美妙之感盈满内心，快要溢出来了！这感觉像是走在浓雾中一边拨开雾气，或是走在春天纷纷扬扬的樱花林内，前方都是未知，有一种做梦似的飘浮的感觉。走到开阔处，山林内部展现丰富的色彩，路边有很多耀眼的栾树，白英透亮的红果垂挂在红色的黄栌树上。至山腰的"流憩亭"，下方山间的香山饭店、碧云寺等建筑映入眼帘，巨大的古银杏一树树装饰着建筑，每一棵古银杏都似含着佛光，普照众生。人们讨论着银杏之黄为何如此浓烈，"是太阳照的！""是黄色琉璃屋顶映的！"他们一边笑着。太阳和树木赋予人们好心情。从山上下来，经过香山饭店，可以进去欣赏庭院里那棵最大的古银杏树。走过致远斋，那门口有挂满红色果子的丝棉木。"秋来"亭附近有优美的椴树。再打琉璃塔下过，经见心斋去碧云寺，碧云寺庭院里的古银杏，以及幽静的涵碧斋，中山堂前的七叶树，都能让人感受到秋的静美。

西山大觉寺则更为深静。寺院的柿子树、红枫无不光彩夺目。无量寿佛殿前的辽代大银杏在阳光的照耀下展现出纯粹的金色，照得树下的人脸色发光，殿宇、"动静等观"匾额也都金光一片。树长到一定的年份就自带一种神性气场，与它下方佛殿中的佛无异了。有一刻，太阳被云遮盖，那一瞬间，光线忽然暗下来，仿佛是银杏本身掌握着光线的变化，你会觉得这银杏像神一样能让树有光或变暗。

秋叶配流水、湖水更美。观赏水边的树，要去圆明园，那里小河边或湖边有很绚丽的秋树。黄昏时，福海被落日映成粉红色，泊在岸边的画舫也被照得通红，船边芦花摇曳。颐和园后溪河的水杉和水边的树、谐趣园的大果榆，北海的菊花，都很有秋韵。故宫、景山的柿子树，五塔寺、地坛的银杏等，极具古都风情。

立冬日去植物园，湖边的水杉、元宝槭颜色到了最醇熟的时候，水光在元宝槭的深黄色间晃动，明晃晃的树叶犹如无数金星。阳光照射着银杏树，透着金色光晕，让人领悟到黄金的美丽与含义，树下很多落果，落叶则是一地碎金。湖岸边的山谷种满紫叶李、白鹃梅等小杂木，还有许多雪松和几棵柿子树，这里可以望见远山和落日。树木间有金翅雀、银喉长尾山雀在鸣叫。远远地，湖边的一棵小柳树上，有银喉长尾山雀停歇的身影。日落后（日落非常迅疾），一棵柿子树上飞来一只灰头绿啄木鸟，它似乎精挑细选了很久，终于选好一个柿子，吊在树枝上专注地吃了好几分钟，它身上的绿色和柿子的红色相映成趣。暮色渐浓，芦苇丛中布满了棕头鸦雀，齐齐发出活泼的鸣叫，它们在芦苇间扑腾，黄昏的朦胧中，一个个棕色的可爱小毛球让人目不暇接，我舍不得离开，直到巨大的秋月爬上树梢。这样的黄昏，我得到了恰如故乡给予的快乐，"诸神会赐给你金色的日子、金色的夜晚（普希金）"。

　　立冬后，秋色大约还能维持一周。十一月中下旬，树叶纷纷凋落，沁骨的寒风翻卷着落叶，使工人追着落叶清扫。一些先落完叶的树木光秃秃的，仿佛消失于树丛中。雨天，悬铃木等斑斓多彩的落叶被雨水浸透，镶满了整条湿润的街道，宛如河流。秋天以无限奢华收梢。

2022年11月

香山的秋色

大觉寺的银杏叶

喜欢活着

近几年面对疾病与离别的次数渐渐多起来，今后要面对的，恐怕还有更多。我们能做的，争取一年体检一次，就像送去修理厂检查，有问题就维修，修好后又可以重新投入生活，然后在晦暗之日到来之前，珍惜当下的每一个瞬间。有时候我们经历生活中的艰辛，好像是为了更好地到达生活中的快意时刻，晦暗像是一种准备。度过了那些艰辛沉重的黯淡时刻，生命增加了重量，随后而来的轻快时光就尤其令人欢欣。在越过人间疾苦之后走入大自然，怎么不会令人觉得鼓舞呢？

电影《有熊谷守一在的地方》，最触动我的，不是画家熊谷守一写"无一物"的时候,而是他说:"如果人生重来一遍,你愿意吗。我不管重来几次都愿意。现在也是,想多活一些时日,我喜欢活着。"

"无一物"只是守一老人看待世情的态度。但非常洞明透彻,他几乎看淡一切,金钱、名利,以及其他人类。国家授予他勋章,他毫不犹豫地拒绝。三十年不出家门,更不知道外面世界的变化,不知外面有新干线,有一切现代化的东西,连家门口的路人小女孩对他而言,都是狡猾可怕的。是真正做到胸中"无一物"了。而他能如此有底气,是因为他有自己所倚仗的东西。他的居所、他的画室、他的庭院,都是他宽广的天地。他每天去庭院巡视,都要先穿戴好,像是出远门旅行,然后才开始他的庭院旅行。也是有微风和阳光的一天啊,庭院里,壁虎安然地爬行于草丛,绣球花快要谢了,洁白的玉簪正开着,它有浓郁的香气,使得蜜蜂飞在其中。风吹着山吹(棣棠)的枝叶,甲虫爬在上面,他凝视着山吹的枝叶,并和山吹打招呼:你们一直都在这里吗?他在庭院里有十三处坐的地方,每到一处像是到达一个游览点,然后观察那个地方的动植物,蝴蝶、鸟儿、金鱼、蚂蚁等各种虫子,仔细到能了解蚂蚁的爬行方式。他遇见一个小石头,和它说话:你是哪里飞来的?然后很珍惜地装入口袋。他观察这些在别人看来微不足道的事物时，眼神纯真而热情。这个庭院就是他的精神世界，他的大自然，也是他喜欢活着的理由之一。

　　阿守老人最厉害的地方是，有活的乐趣，对"自我"非常清晰，并长期对庭院这个平衡的小生态不厌倦。只有热爱一个地方，且心里有源源不断的清泉的人，才能做到这样吧。想起《田园的忧郁》，男主初住到乡下，喜欢丰富寂静的田园生活，蓝色的鸭跖草、"红馍馍"野花、蔷薇、山茶花、瑞香、杜鹃、萤火虫与蚂蚁，无不令他充满兴趣。他甚至觉得某种小虫的诞生是神圣的、令人膜拜的，所以也是异常有分量的，领略田园的乐趣已经到达这个程度，然而最终，田园并不能解救他的忧郁。所以说，阿守老人内在的秩序是很有力量的，乐观天真，像顽童，他的每一天都不是白白过去的。相反，于吾等城市草民而言，时间是破碎的，每天的时间都快得让人心慌。

　　如果人生重来一遍，你愿意吗？树木希林饰演的阿守的妻子的回答则是：我不要。阿守的妻子一生忙碌于家务，损耗了生命力，已经十分厌倦了吧。井上靖在《我的母亲手记》（树木希林主演的另一部电影《记我的母亲》原著）里说："尘劳这种东西，或许只会压在女性肩上，那是漫长的婚姻生活中，无关爱恨，做丈夫的只会留给自己妻子的东西也说不定。一天天，说不上是恨的恨意缓缓积存在妻子的肩上。如此一来，丈夫成为加害者，而妻子就变成了受害者。"这段婚姻论准确真实，揭示了婚姻平静而残酷的一面。但阿守妻子切葱的声音，厨房里煮拉面的热气，都让人感到生之趣。她呼噜呼噜吃拉面的时候，也令观者觉得充满生命力。你几乎会疑问，这样热腾腾吃过拉面的人，怎么可以说不愿意再活一遍？和电影里相反的是，树木希林本人对生活热诚坦然，看树木希林的纪录片，发现她这么大年纪居然能自己开车，拍切菜的电影片段，她会自己带菜刀去片场。她很惜物，一件衣服可以穿十年，减少非必要的物欲，只买喜欢的东西，认为奢侈没有必要。她的消费观特别值得学习。

　　成濑巳喜男的《杏子》里，也有一位热爱庭院的作家，他对正在相亲的女儿说："吃穿用度能够满足最低标准就好，找一简单真诚，稳重可靠，能赚得一日三餐的人就挺好。鸡蛋买五个，菊花买一束，蜜柑买七个就好，还要在旧书店买一些平装书。我们这些穷人，哪怕只有一百元，只要好好利用，也能活得像国王一样。拿一个蜜柑放在桌上，蜜柑虽小，却十分伟大，没什么能与之媲美。生活的乐趣正存在于那里呀。"短短一段话，物质观和精神观，全都包括了，鸡蛋是物质观和饮食观，菊花、平装书籍都是物质和精神，而一个小小的蜜柑则包含了饮食的，精神的，审美的，自然的，种种生命的乐趣，在微小的事物里体现世界观,于细微处寻找快乐,也体现了"喜欢活着"。生活多艰,我们也要喜欢活着,就把晦暗当作一种准备吧,尽量不忧愁不惧怕地活下去。苦涩的晦暗与甘美的希望是共存于生活之中的,体会过绝望的感觉,也必定还会迎来许多喜悦。

2018年12月

落雪与钟声

北京今年冬天落了三场雪,元旦后一场,之前两场。下雪给人一种新鲜的心情,特别是元旦后的这次雪,特别美丽,晚上七八点开始下,近十点钟,我出去散步,地上已经积了松松的一两寸厚的雪,没有人踩过,很洁净,只有我沙沙地留下一串脚印。雪花在两排路灯下像晶莹的瀑布似的迅速流下。茫茫大地映得天空一片粉红色。

山里的雪景比城里辽阔。山中雪野分外洁白寂静。植物园的湖面一片苍茫莹白,和山连成一片,远山像水墨画似的隐为几抹优美的线条。湖边的芦苇也覆盖着白雪。一棵棵巨大的雪松上积聚着厚重的雪。在卧佛寺山门附近,一位大叔见我在拍摄雪松,他说:"赶快到寺里去吧,蜡梅上的雪快化了!"说着将他相机里的雪中蜡梅递到我眼前。

卧佛寺的蜡梅开得不多,只有山门殿前那两棵略高的开得好,况且拍照的人极多。卧佛寺的蜡梅很难拍摄,枝条不伸展,姿态不优美。粥少僧多,我也不多凑热闹,拍了几张就逛到寺里清静的角落去,欣赏幡后沉静的菩萨脸,或者看雪从高松上啪嗒落下打在翠竹上,发出沙沙的极好听的声音。一只乌鸦啊啊地从积雪的屋顶掠过,消失在杉林间,雪后的乌鸦似乎也变得有韵味了。麻雀们在树下觅食,或者几只一串站在金银木的树间。一度我希望麻雀能飞到蜡梅树间,然而一群人对着蜡梅拍照,这是不可能的了。阳光薄薄地照着寺院,照在身上暖洋洋的,树上的雪一直在坍塌。拍蜡梅的大叔们责备着不小心撞到树的人,雪哗啦啦从蜡梅花上跌落。

有谁撞了几声钟,极为悦耳,循着声音找去,走到钟附近的伽蓝殿前。伽蓝殿前有一排密集的杉树,树上正在消融的积雪簌簌地不停往下掉,像重新下了一场雪。殿前落雪如此漂亮,且没有别人欣赏,我孜孜不倦地观赏了半小时。觉得落雪和钟声极为相配,为了拍一个落雪钟声的视频,还特地请人帮我撞钟,我投入三元钱香资,他来撞一次钟,然后就可以一边听着钟声,一边欣赏着雪扑扑地从高大的杉树上经过殿前落下来。这殿前落雪之美绝不亚于下雪的时候。也像小时候坐在屋檐下看化雪,屋檐垂下晶莹的冰锥,不停地往下滴水,觉得格外美丽。随之而来的回忆是,雪后在水田里打冰块吃,在捞起的冰片上钻一个洞,用稻秆穿过去,提得高高的,歪着头舔着吃,伙伴们都乐于吃,像吃雪糕似的。孩童总是比较迷恋冰凉的事物。

　　一直很喜欢听各种钟声,看电影时也会特别留意钟声,钟声里有一种古老的静寂,在尘世中听来有脱离俗世的意味,让人顷刻之间游移于世外,还有一种积极的力量,让我们在聆听它的那一瞬间能够得到一种释放。卧佛寺落雪时的钟声悦耳悠远,更是一种难得的经验,有时候邂逅一种美要凭运气。有年春天在杭州永福寺,山中时而传来咣当咣当的钟声,觉得静谧而有韵味,后来知道原来是从北高峰山顶传来的,是游客付费撞得很随意的钟声。

　　只要迈出脚步总能看到一些有趣味的东西。你看到什么便得到什么,没有看到就是一种失去。我着迷于日常生活和自然的这种随机性、无常、瞬息的变化。并且,日常生活中时常会涌出许多未知的力量。日常的深度则随着年龄、见识、人格的成熟度而变化。在日常深处和某些幽微的地方,有很多美是我们无法看到的。我们无法看到所有自由的鸟儿,所有静静绽放的花,所有的山川河流,全部的天空和全部的云彩。又比如下雪的时候，在空旷的卧佛寺，静静落雪的伽蓝殿前，雪落在蜡梅上，没有人围绕的蜡梅散发着幽雅的冷香，该有多美。我来过几次卧佛寺，冬天的卧佛寺给我的印象一直是灰扑扑的，连蜡梅都是被大风刮得布满灰尘似的，颜色黯淡，不能激起你半点喜悦。但这一次的卧佛寺变得如传说中美丽了。美真是能把阴暗的，变成光明的。美是一种净化器。而摄影和摄像，都是抓住了美的瞬间，储存了一些时间。而当我们回首，过去的照片会告诉你，你过的每一秒都无可替代。

　　电影和摄影相同的地方，都是对生活的细致观察，抓住一些光。电影还是还原生活。喜欢电影中人物当下的活动和一切秩序，这会带给我强烈的时间感，让自己也觉得生活在其中，或者想这样去生活。这可以说是一种生活的借鉴，能够净化你的现实。能令人感动的电影并非就是好电影，好电影应该是能让人看到生活——美的生活、真实的生活，以及辽阔的东西。摄影也是能让现实变得有意义的一种方式。但是追求画面的尽善尽美，会让眼睛失去最初的朴素与好奇心，敏感点变得迟钝，所看到的东西就会越来越少。而过于追求所谓"美感"的摄影，照片会充满着生活的假象。希望自己拍照的时候能够力求真实，不过分美化现实。

2020年1月

山中旅行

百合花摇曳

杭州清明

九溪和五云山

　　从龙井村到九溪十八涧，一路上都是郁郁青青的新绿，枫杨、鸡爪槭、香樟、水杉等树，嫩叶鲜翠如洗。茶园里到处是采茶客忙碌的身影。山中开着红色的映山红和淡紫色的马银花。因为土壤的关系，不同地方的马银花呈现的颜色浓淡不一。九溪地方十分幽静，比起节假日拥挤的西湖边，是能够让人静静地欣赏风景的，心性也能融进自然里。这时会觉得俞曲园写的能引人共鸣："西湖之胜，不在湖而在山。白乐天谓冷泉一亭，最余杭而甲灵隐。而余则为九溪十八涧乃西湖最胜处，尤在冷泉之上也。"冷泉或九溪十八涧，觉得所有好的风景，首要条件在于"静"，若失去这一条，风景就如同落入风尘。于我而言，九溪胜处不在溪或涧，而是开在山中溪上的紫藤。开在山中的紫藤这是第一次见，《辉夜姬物语》里有一树开在山中的紫藤，看上去十分幽静，一直令人憧憬。觉得紫藤也是开在山中的更为好看，清丽而幽深。我换了很多个角度欣赏这株紫藤，溪水中映照着山藤清润的紫色，十分沉静动人。

出九溪十八涧，在九溪口上吃过中饭，打算上五云山。知道五云山，是因为很早以前读郁达夫的《迟桂花》，他写从翁家山下山，再上满觉陇的山，过龙井狮子峰，上五云山，在五云山吃过中饭，从五云山下到云栖，买两支"放生竹"，后出梵村，从九溪口折入九溪十八涧的山坳，登杨梅岭，从南高峰下来，回到翁家山。郁达夫小说中写过的西湖周边路线，我尝试着走了几条，五云山是想去而一直未能成行的。五云山九溪口入口处，立着"五云山"牌坊，山的高度三四百米，我以为从这里上山，路不会太远，而事实如郁达夫所言："这五云山，实在是高，立在庙中阁上，开窗向东北一望，湖上的群山，都像是青色的土堆了。本来西湖的山水的妙处，就在于它的比舞台上的布景又真实伟大一点，而比各处的名山大川又同盆景似的整齐渺小一点这地方。而五云山的气概,却又完全不同了。以其山之高与境的僻,一般脚力不健的游人是不会到的,就在这一点上,五云山已略备着名山的资格了。"

我平时自以为脚力算好,没想到上到三分之二的样子,就觉得累了。安安的脚力却令我们意外。山道两边的山林比较荒静,实在静得有点吓人,对着树林稀疏点的地方高声喊叫,能听到对山的回音。小朋友不停地聆听自己的回音,玩得非常愉快。近山顶时,山林渐渐起了雾,先是发现林下开着映山红,再走一段,林中有一丛马银花,雾气缥缈中特别清新秀丽。爬上山藤芜杂的山坡,凑近去看薄雾中淡紫的马银花,清纯的花色令人迷恋。而此时相机却没电了,拿出电池放回去,开机勉强拍摄两三张。家人也在催我下到山道去。

到了山顶下方,山道两旁的杂木林变为竹林,而此时,山雾下得更浓了,竹林中弥漫着乳白色的雾,道边有的新笋已经有安安(110厘米)那么高了,但林中大多是破土不久的黑乎乎的矮笋,新笋一小个一小个坐在竹林中,可爱又充满灵气,像一座座小佛,有那么一瞬间,仿佛是活的。林中笼罩着一种不可言说的神圣感。我问安安爸爸,有没有感觉到这些笋和别处的不太一样?安安爸爸说:有一种万物有灵之感。原来他也察觉到了这种奇妙的神圣感。

我原以为这片竹林就是郁达夫写过的放生竹的竹林，后来查《迟桂花》，才知道放生竹竹林在云栖竹径。五云山山顶的真际寺前，竹林中，盛开着一丛丛被雾气濡湿的二月兰，在二月兰丛间，长出了高高低低的新笋，雾气在竹林中愈加浓厚地弥漫开来。这种风景让人觉得爽适、幸福。

我们从云栖这边下山，山道较陡，然而行人却增加了不少，山道两旁常见淡紫色杜鹃，而有两个中年妇人，竟然各人手中都握了一大把，看了不免有点气愤。如果手持一枝，又另当别论了，或会让人产生一种美好的乡情。近云栖，两边都是翠竹，新笋自然也多，却没有五云山的小笋显得有灵性。

山雨

从云栖坐车到梅家坞、小牙坞，见小牙坞到梅灵隧道的山边开着很多山紫藤。于是决定第二天再来。清明当天下了整天雨，他俩在酒店休息。下午我进山时，正下着大雨，出梅灵隧道后下车，道路两旁是广阔的茶园，茶园后立着几座雾气缭绕的山。采茶客们穿着雨衣在茶园采茶，大雨滂沱，想着家乡人冒着严寒采茶，觉得采茶人的艰辛在哪里都是一样的。

梅灵隧道到小牙坞一路上风景幽寂，山雨中，山边的紫藤颜色更清润明净了，或者，是徐祖正写过的幽丽，那是开在虞山寺院中的紫藤，是能使人明悟的。道边偶尔开了一树繁花的泡桐。一路慢慢走过去，对山边的那两树紫藤看了又看。拐进小牙坞，发现这边紫藤更多。这边山道上方隔几米就有一树紫藤，紫藤下开有映山红，一丛映山红极大，杂在白花檵木中而开，雨中非常美。问小牙坞的一家茶老板，这边紫藤是否是野生的，茶老板答："谁会去种它呢！"但我看它们的间隔距离，想来是很久以前开发景区时种的吧。

从小牙坞出来，想去法喜寺，等了很久的车，车没来，雨依然下个不停。小牙坞车站有春游专用电动公车，一个司机打了很久的盹，之后他慢吞吞发动车子，我跳了上去。车里空荡荡的，只我一个乘客。他问我来这里做什么，我说来看山和山紫藤。

他竟然说："这里的山不算好看，永嘉的山才好看。"

我笑问："永嘉怎么个好看法？"

"永嘉的山和水都好，山要有水的，这里只有山没有好水，永嘉有山又有好水。"

"哦，也是。"

他又说："那个地方我忘不了。"

"为什么？"

"主要是人，人好呀！我从前开大货车经过那里一个村子，在一户人家借住了一晚，那里人待人很客气。"

最后，我忍不住说："我也是永嘉人。"在他听来大概很像骗人。这也算得是奇遇，他原先并不知我是永嘉人，却偏偏说的是永嘉而非别处，这种巧合也很奇妙。

到法喜寺时，雨更大了，山边外的小道已经被雨水流成一条小溪，我的运动鞋也被雨水泡透了。在寺中上香时，看到寺院的采茶客也从茶园回来了。寺中在做佛事，雨中梵音很是动听。爬到寺院最高处，见山间雾气迷蒙，山雨似瀑。山里的雨仿佛更古老，觉得今日所遇和这法喜寺的雨很有空山灵雨的味道。

2018年4月

五月的山野

楠溪江的五月

已经有六七年没见过南方的五月了,甚至快忘记那种明朗愉快的初夏气息。急于体味那种气息,飞机落地温州后,我就往楠溪江下游的老家山里跑,就像口干舌燥之人向往着山泉水一般。

五月的南方乡野是莽莽的草木气,绿色之火,也可以燎原,山中遍布浓绿淡绿,深深浅浅,已经没有春天时的沉静,初夏带着一股明晃晃的野蛮之力掠夺着春天,但太阳照耀不到的地方,春天余火未熄。

风送来绵绵不绝的花香。摇摇欲坠的老民居被植物侵袭，络石开满了洁白的小花，藤蔓从屋墙侧方绕到后墙，慢慢攀上黑瓦，扩散开来。金银花盘踞在屋瓦的另一角。一时之间，淡香浓香混成一体，不分你我此起彼伏地弥漫在清凉的空气中。荒芜的庭院地面遍布紫花的马鞭草、益母草，黄花的聚花过路黄。古屋后，苦楝树开着紫烟般的花，棕榈树垂挂着淡黄色的肉穗花序（江浙的棕榈树总是很有乡土气息），还有几只鹁鸪雄鸟停歇在电线杆上。

我家老宅那泛着几代人生活气息的院墙上，有一丛三十多年的蔷薇，巨大的花丛密密匝匝地开满粉色花朵，甜美热烈，源源不断地提供免费的清淡花香，使沉睡的心灵彻底苏醒过来。高处的那户人家，在菜园的竹篱笆边种了一丛鸢尾，开着浓艳的紫花，优雅的花色与远处高墙老屋那古老的色泽很相衬，乡野篱落的鸢尾花比城市的鸢尾多了山野气，同开在深山荒野寂寞处的梅花、樱花一样，让人久久回味。庙旁的古香樟树在四月替换完一身树叶，在层层嫩叶中开出细碎的花朵，香气从树间不断涌出，远近的空气中都飘荡着沁人肺腑的馨香。

沿着庙旁的石级，走到古石桥所在的竹林古道上（为永乐古道的一段）。风送来另一种花香。眼睛四下寻觅，青色茅草覆盖的石桥洞一侧,长着一棵茂盛的木樨科女贞属小蜡树,正缀满洁白的繁花,幽幽花香扑鼻而来。看到它的一刹那,我狂喜得简直要喊出声来。我就像攀登到山巅的登山者对着群山呼喊那样,不禁对着竹林、溪流、石桥、小蜡树,啊地呼喊了一声。无疑这种狂喜是健康的。若说有什么地方能让我这样忘乎所以,大概只有老家了,这大概是家乡对人产生的一种精神影响。一回到家乡,总是对一切可感之物充满热情,天地万物都很近,时刻获得生命的活力,恢复生机,心情也变得踏实。

我把这片竹林变成了自己的世界。与其说这是一个外在的世界,不如说这是一个坚固的内在世界。

母亲曾经对我说:"那片竹林阴森森的,闹鬼的喔!"

我回她:"在你看来这山里哪一处不闹鬼?"

阳光清澈地倾泻在静谧的竹林中,竹林像浸润在水中,清透、阴凉、深邃,我变成了一尾游鱼。美丽的光线随风在竹林内变化跳跃,竹叶的影子在竹节上摇颤着。新篁如玉一般鲜嫩,是一节一节温润的碧绿色,白白的细粉附着在竹节间,使竹子看上去崭新又柔软。一些新竹子明明已经长成高高的大竹子,然而斑驳的笋箨还没有褪去,笋箨像老母亲般舍不得放手,半抱着竹节。青润的新竹间偶尔还有高高低低的竹笋。那小时候去上学的竹林小路旁，在一片绿色中，大自然又多画了两笔，将两三株纤细的野蓟点缀在竹子底下，浅紫色毛茸茸的花朵活泼泼的，有一种清新俏丽的少女之美。春日的姹紫嫣红之后，进入了初夏白色花朵大量开放的季节，竹子脚下经常出现一丛丛纯洁的白色中国绣球，那花序间犹如栖息着很多白色蝴蝶。竹林外的山野也遍是洁净芬芳的白色野花：白檀、赛山梅、野蔷薇、麻叶绣线菊……

自我有自然意识以来，似乎从来没有在五月来过这片竹林。和冬天春天相比，它像另一个地方。大自然如此慷慨，令五月的乡间涌动着旺盛的生命力，初夏的云清爽地在空中游移，山野弥漫着香气，竹海在风中宛如绿波般起伏，山间小溪水声潺潺，竹林深处传来清脆的鸟鸣。我饱饮故乡水，得到了滋养，这种营养补给为今后的生活注入了勇气。

五月麦秋时节最盛大的白花是木油桐（区别于油桐）。隔天我在楠溪江中游的江边公路徒步，江边有一段一路都是高大的木油桐，白花落满河岸。从花枝间望出去，清碧的江水上有坐着游人的竹筏子悠悠地漂流着。江水边往年种油菜花的那块地，有人正在种桃树，他们跟我说，种上桃树春天开桃花更漂亮。岭下村有村民刚摘了蚕豆在江边卖，也卖水、小孩子捞鱼的网兜什么的，他坐在小摊边，悠哉地读着一本武侠书。

竹林石桥边的小蜡树缀满白花

霞美一带的田野，六月要插秧的田里麦子差不多收完了，一片田里有人正在割麦，一抱一抱的麦子散发出麦穗熟香。几亩油菜籽还没有收，枯黄而干燥，带着土地和尘土的气味。远远地有人打着遮阳伞从田垄间走过，像是《麦秋》中的场景。一些水田里积了浅浅的水，细细的杂草间有白鹡鸰走动。道旁有人哼着小曲儿，在卖刚摘下的本地枇杷，非常清甜多汁。还有卖桑葚的老婆婆，把刚摘的桑葚往小筐里装，说这是最后一批了。我买了一小筐，尝了尝，甘美无比。回家后遗憾买少了。

松阳横坑

朋友在丽水松阳山里游玩，他们租了汽车自驾旅行，邀我同游。

从温州搭乘高铁到丽水只需半小时。丽水火车站到松阳县的一路上，汽车窗外隔一段就有一条宽阔的清溪从群山间蜿蜒而出。我对丽水最初的印象就是这些清溪。在杭州上大学时往来坐绿皮火车路过丽水，每次都看不够这些溪水，思忖什么时候下车好好看一次，转眼就是二十年。张爱玲的《异乡记》写到丽水：

"下面是冷艳的翠蓝的溪水……这是一条宛若游龙的河流,叫丽水,这名字取得真对。我自己对于游山玩水这些事是毫无兴趣的,但这地方的风景实在太好了,只要交通便利一点,真可以抢西湖的生意。当然这地方在我们过去的历史和文学上太没有渊源了,缺少引证的乐趣,也许不能吸引游客。"这一段印象极深,如今这文字成了别人对丽水的引证。

丽水松阳建县有1800多年历史,县城内如今还有清代古街,保留着昔日风貌,小街两旁各类店铺挂着旗招,营生都非常古老:如卖酒铺、打金铺、铜壶和刀铺、弹棉花铺、卖秤铺、中药铺、农用具店、茶馆、面馆等无所不有。松阳境内有100多个保护得较为完整的传统古村落。我这次去了两处。

横坑村是一个山地村落,始建于明朝。汽车沿着迂回的环山公路向上爬着。到了海拔约1000米的地方,视野突然开阔起来,长着翠绿竹子的山野,层层叠叠地延伸到较远的山间,山坳间有一个被竹山包围的村落,在几棵巨大浓绿树丛的掩映下,隐隐露出两三间黄泥的房子,是清如明镜的,瞬间就令人心动的风景。

车道转入竹林,村子就在前方。午后灿烂的阳光透过竹林斑驳地落下来。我们在竹林间吹着山风,各自寻觅着喜爱的事物。这边的竹林中生长着不少豆科木蓝属的小灌木庭藤，繁密的枝条上低垂着一串串娇柔的粉红色花序，散发着幽静润泽的气息，透着新鲜的山野气。在狭窄的山道边，还发现了一种小小的、花茎细长、花与叶都很纤细的植物，开着淡紫色的花，卷缩的花瓣间，有一瓣的边缘是紫红色流苏状的，像缀着蕾丝似的，使整株植物看起来华丽精致，是狭叶香港远志啊，它看上去孤高清洁，尤显生动。这两种山中的植物有种不是世俗之物的魅力，令人沉浸其中。

村子里黄泥黑瓦的民居呈阶梯状密集地建在山坡上。溪流穿过村庄从山间奔流而下。这里的黄泥建筑让我有一种异境感。楠溪江的建筑多是木构，有些建筑的墙壁用坚硬的石头，几乎不用黄泥，特殊环境中各自不同的建筑取材体现了人们的生活智慧。巴什拉说城市的建筑的高度纯粹只是一种外在的高度，不存在任何接近天空的感觉，也缺乏辽阔的宇宙感。而横坑的乡村建筑是充满活力的家屋，有真正的高度——接近天空，面对着辽阔的自然。生活其间，想必对身心的健康更有裨益。但人们总是无法离开城市的文明与便利。横坑也有几座为城市居民建立的民宿，完全城市化的设备供他们在节假日换个地方呼吸空气。每个城市周边都有类似这样美丽的风景，供当地城市居民过短暂的乡村生活或体验农业。这就像段义孚在《浪漫地理学》里说的工业革命以后，城市里的人们开始季节性迁移，夏季离开城市前往乡村别墅避暑，秋天和冬天回归到都市：当第一阵寒风吹来之时，城市苏醒了。现在，我们还能从侯麦的电影里一窥法国街道的"年度休业"。门泽尔的电影《森林边缘的寂寞》就是关于城市人在乡村度假的故事。在乡下一所老房子里，主角一家过上了真正的乡村生活，和鸡狗羊一起住，羊在窗口偷吃刚出炉的面包，房子布置得朴素温馨，与当地人打成一片。如今，更多的城市人回到乡村居住，建民宿、别墅，开咖啡馆或乡村书店，对当地的经济发展有一定贡献，但他们过着本质上是城市生活的乡村生活，并带着一种傲慢。"有一种乡村性正在死去。"

我们在幽静的民居巷道间徜徉流连，为见到的每一处景色赞叹，眼睛和心胸都得到了清洗。有一所最高处的房子孤零零地坐落在竹山间，像电影《阿弥陀堂讯息》中遗世独立的阿弥陀堂。在一条荒芜的石道间，许多蓬蘽丛正结着红宝石般的果子，我们采撷了一些，很珍惜地吃完。村子下边溪谷里流水涓涓，溪谷幽暗潮湿的树荫下，生长着茂盛的天目地黄，植株与花朵上遍布白色柔毛，一簇一簇桃红或粉红色的花毛糙糙的，却显得水灵灵，焕发着明亮的光彩。

竹山间一座孤零零的房子

蓬蘽的果子

天目地黃

松阳南岱

南岱海拔没有横坑高，却是更为深静的村子，是真正与世隔绝、不为人所知的自然。查找资料也很少有关于它的介绍，只有一则山道上方山石滚落砸到车子的新闻。

下着细雨的清晨，我们的车子缓缓开在山道上。五月气温多变，天气从初夏又跌回暮春时节，山中空气清澈寒凉。深山幽谷烟雨朦胧，山野青翠欲滴，仿佛伸手触摸一下那些草木，手就会被染成绿色。遍野翠色中，忽地，山道对面斜坡上垂挂下来一道明晃晃的白色瀑布，轰然而下。瀑布宽阔沛然，激流哗哗冲下，且稍带斜度，不少湿漉漉黑黝黝的岩石凸起在瀑布的水流中，使得瀑布呈现黑白两色，粉状飞沫四溅，水雾袅袅，一些裸露的滑溜溜的黑色岩石仿佛小山峰，在水流和雾气间宛如山峰被云雾缭绕，像山水画。野生瀑布富于艺术性，真是大自然的神作。我们都为它的磅礴气势所震慑，它圣洁的姿态与力量超越了许多名景区的瀑布。我们喜欢瀑布这样强大的事物，也迷恋弱小的花朵，万物间共通的生命力，都能让人为之发出愉快的惊叹，从中得到平静的依托，体会到身心洁净之感。生活的价值忽然提高许多倍。

离瀑布不远的一个断崖前，一棵泡桐树孤寂地盛开着淡紫色的花，笼罩在薄薄的雾霭中，寂静中，那淡紫色仿佛带着一丝哀愁。风景美好奇绝的地方也有电影感或小说感——这里很适合发生故事。得是《沉潜的瀑布》这样悲剧性的故事，而不是发生黑泽明的《八月狂想曲》的地方。这两个作品都有瀑布的场景。《沉潜的瀑布》是三岛由纪夫（喜欢其作品，并不喜其人）的小说，小说里有很美的自然景物描写，作家的自然描写特别富有诗意。故事如何我已经不在意，景物描写本是为故事情节服务的，我却觉得情节使景物描写更引人入胜。像散文的小说真是生动优美啊，丰富的想象力之外，还时不时地闪现作者的真知灼见与思想的光辉。这样的作品还有阿斯塔菲耶夫的《鱼王》，梶井基次郎的所有短篇。反之，我也喜欢写得像小说的非虚构散文，如《在乌苏里的莽林中》，充满引人入胜的故事与人情味。

村庄位于山谷中的平缓地带，清澈的溪流两岸是鳞次栉比的古民居，有几座民舍建在山坡上，四周环境十分幽静。山野连接村庄的地方长着广阔的竹林。村口那通向竹林的泥土小径绿草如茵，这时节开放着毛茛娇丽的黄色花朵，还有一些假婆婆纳的白花。路旁墙壁上长着一簇簇虎耳草，花开得有点老了，失去了初绽时的清丽。竹林的竹子长得极高，竹林间被人踩踏而成的小路延伸至林深幽暗处，无限神秘，让人望而却步。

　　溪流下游连接两岸的小石桥青苔苍苍，残败古老，桥下流淌着凉浸浸的清泉。水边、桥边、路边到处长着蒲儿根，开满朴素的黄花。溪流上游有一座廊桥，桥上供着神像，应该是三官爷之类的，民俗很接近楠溪江。野外挂着的竹篮子里供着纸钱或是什么，应该是送给逝者的。竹篮子是一个很微妙的连接点。楠溪江也有类似的习俗。在这些村庄中，还有过去的农耕习俗在延续，这一带春播插秧首日会举行"开秧门"仪式，秋收后要举行"尝新米"仪式，用新米祭祀社会、土地、祖先，有着浓郁的乡土气息。溪岸一带几座民居带马头墙，显得很气派。房子多为二层的泥木结构，二楼的窗口晾晒着衣服或去年的腊肉，雨湿的青瓦之上炊烟缕缕，是有温度和记忆的建筑。踏进一家光线暗淡的民居内部参观，堂屋的横条供桌残留着过年时祭拜的痕迹，几个村民在悠闲地谈天，笑着让我们坐一会儿。在旅行中我们希望发现一些崭新的事物，但最打动人的，却是一些古老的习俗和富于人情味的东西，或是人们的生活日常。我们出去旅行是为了远离日常生活，然而在旅途中当我们的日常感消失时，会因瞥见他人的日常生活而感到安心和宁静。或许这皆因我们都生活在无常之中啊。因而在旅行中，我们需要看见日常和秩序，需要看见维

野瀑布

雨线与山野

村中的古桥

南岱民居

系我们乡土情感的民俗。

有一会儿，雨突然下得很大，雨滴吧嗒吧嗒打在雨伞上，和溪流的水声合奏成清亮的音乐。白色闪亮的雨线清晰地呈现在昏暗的杉树与青翠的竹子间，雨线掠过农家的土黄色泥墙，屋檐哗哗地垂下清莹的雨水。山野之上，山林的绿色和雨水融成一片，湛明洁净，更远的山间浮着淡淡的雾气。这一切多么迷人和令人愉快啊。雨滴冲洗着万物，也浇灌着我们的心灵，山谷和村庄沉入更深的寂静之中。

2021年5月

莫干山的竹子

今年（2019年）夏天天气比较凉快，那种初夏舒适的日子一直持续到七月中旬，甚至有种暮春的延续之感，春天像被延长了。于是在放暑假的第二天，为了抓住一点暮春的余韵，我和小朋友就登上了去南方的火车。

从杭州至德清县，坐火车只需十多分钟。在德清站与好友（也带了小朋友）碰头后，我们在县城宿了一晚，次日清晨买了西瓜和桃子就坐出租车进莫干山了。进到山里，沿路净是竹山，竹林延绵不绝。我从小在浙南山区长大，故乡山前山后都是毛竹，也去过温州瑞安山里用竹子做纸的山村，那一带有不少竹林，然而也从来没见过这么多的竹子，由此产生一种全新的心情，那沉寂优美的气息，将在北方生活所产生的枯乏之感一扫而空。

民宿在仙潭村，在山的一个角落里。房子在山坡上，建筑旁遍布毛竹林，院子里开着凤仙花、绣球花，橘树结着色泽青青的橘子，枣树枣子满枝。站在阳台举目，四围都是山，山上尽是广袤无边的毛茸茸的竹林，这里的竹林之多，是真正能称之为竹海的。无尽的竹绿色在山与山之间此起彼伏，显得优雅华美，好友说，竹林像山神的皮肤。

仙潭山里有个小瀑布。应该没人专程来欣赏这样一个小瀑布，它的存在服务于民宿村落，只有在附近暂住几日的度假者来这里随意走走。我们也正是抱着这样的目的，随意地在山里走走，看看高接浮云的竹林，溪涧清流，眼睛就得到了满足。阳光下的竹林透亮翠绿，宛如琉璃世界。两位小朋友对于爬山总感到一点不耐烦，但以后回想起来一定是个难忘的假期。女孩叫安安，男孩叫冬冬，都来自侯孝贤电影《冬冬的假期》，两个小孩同岁，我们当初取小名的时候并没有商量过，只是巧合。我和好友都非常喜欢侯孝贤的《冬冬的假期》。安安这小名取自《冬冬的假期》原著《安安的假期》（朱天文小说）。

午后的山村十分清静，我一个人在村郊野外闲逛。农作物都很丰美，茄子花淡紫，长茄子深紫，望之清爽而有韵味。田边豆架结满带豆。浓绿的玉米丛中，红色玉米须焕发光彩，和土地一样朴实。玉米地边种着几棵向日葵，绽放着充满生命力的花盘。单季稻的秧苗插下有一段日子了吧，已经茁壮。有人在他的玉米地旁播种着什么，我问他玉米卖不卖，他一边说着可以一边就扯了四根玉米给我。此处风物已接近浙南，这些美好的南方风物与人情自然而然地就会牵起人心中的感情，是一种温柔而熟悉的故乡感。潺潺溪流的小路两旁绽放着多种颜色的波斯菊，蝉声嘶嘶中，远处村落开过卖西瓜的车子，艳阳下那一车西瓜带着一圈玉色的光芒，如同动画片中的场景。车内喇叭循环播放着："来买西瓜！西瓜便宜卖！"这些于我都是熟悉亲切的，就像毛竹林一样，给人一种故乡的安宁与归宿感。人在旅途，却心有所寄。

傍晚我又独自来到这片田野游荡。田野燃着烟，缠绕在篱笆上的葫芦花[①]在暮色中显得洁白清纯。田埂草丛中虫鸣清越，草丛下方传来溪流的潺潺水声。昏暗朦胧中远处竹山边的人家有一两点灯火，随着脚步移动遥望，在那竹林间明明灭灭的，宛如萤火虫的光，格外富有情味。同时让人对那竹山下

---

① 葫芦花或瓠花被称为夕颜。葫芦科葫芦属的瓠瓜多为南方所种，严格说区别于葫芦，但本书中的葫芦花通常指瓠花。

的竹林人家心生好奇。

下雨的早晨，从房间走到廊檐下，蒙蒙细雨迎面飘来，庭院一侧的山边竹林显得幽邃，清晨的竹色湿润可爱。烟雨使竹子间笼罩着一层淡淡的白色雨雾，为雨水浸润的纤细竹竿，色泽由翠色转向浓郁的深碧，而那被雨水洗过的繁茂竹叶，则如绿雾一般散发着光辉。竹叶含带的雨珠被风吹落，偶尔打在竹节上，发出细微的滴答声，石子敲打竹节能发出比这更清亮空灵的竹音，据说竹音能使修行僧明悟（香岩闻竹音悟道）。不知道开悟是不是类似于我们普通人的"开眼"，忽然有一天，你开始关注自然内部的一切，看见了万物和天地，并进入与之连接的通道，一个大的宇宙在你面前敞开了。

站在庭院中眺望，四围的广阔竹海间雾霭缭绕，这绿与白的竹之海、雾之海，如此纯洁而宁静，说是仙乡也毫不为过，千金也换不来这样的黎明和景象。

莫干山主景区在较高的山间，需坐大巴上山。上山后在车站等公车，公车在每个景点间绕圈，到得一个景点下去游玩，游完后在路边固定处排队上车至下一景点。这种观光模式令人厌烦不堪，山路弯曲，晕车的人更是不适，而上车还需排队，疲惫至极。我们坐了两站，就开始徒步。山路幽静，两旁很多八仙花，山边到处生长着刘寄奴（奇蒿，菊科蒿属），穗状

清晨的竹林

黄昏的竹山

山中旅行｜莫干山的竹子

花序上布满珍珠似的白花，和白苞蒿的花簇很像。小朋友们虽然累，但能边走边欣赏沿路的各种虫子，如竹节虫、天牛、蜻蜓，和一些甲虫，倒也愉快。安安因为晕车后不舒服，有一半路程是我背着走的。近十二点，我们才到达别墅较集中的区域，在一家西餐厅吃了饭，然后坐车回到原点。最后才发现我们吃饭的地方离出发站很近，而且那一带风景最好看。山里气温比山下凉，路边不少绣球还开着，水杉高大笔直，配着老别墅有几分异国之感。等车下山时，看到路边一丛开得极大极好的绣球，到了这个时候，才感到莫干山主景区给人的一丝慰藉。

　　翻木心的《竹秀》，我推想他文中所写的山居生活所住的别墅（66号别墅），应该是在大丛绣球花绽放的车站附近。但莫干山主景区树木浓荫遮天蔽日，站在山间，根本望不到前山或远山，更看不到能让人望而动衷的竹林了。只有那清晨的雾中竹海，才让人切近体会到《竹秀》中所写的："莫干山以多竹著名，挺修、茂密、青翠、蔽山成林，望而动衷。尤其是早晨，缭雾初散，无数高高的梢尖，首映日光而摇曳，便觉众鸟酬鸣为的是竹子，长风为竹子越岭而来，我亦为看竹子乃将双眼休眠了一夜。"

2019年7月

莫干山的绣球

黄山野百合

暑假,把孩子放在安徽亲戚家,一个人去了黄山。黄山脚下的汤口镇商业气息浓厚,翡翠谷就在汤口附近,位于汤口镇后下方的山谷里。下山谷的一路都是竹山,沿路清幽岑寂得几乎吓人(独自坐出租车有点害怕)。景区的溪流非常美丽,溪水奔腾不休,溪上有竹,竹外有溪,溪中潭水映着竹绿,极为动人。谷口有个村庄,户户农家院子都种着花,有白百合、卷丹百合等。翡翠谷的风景有点像楠溪江的一些景区,比如石桅岩、石门台。原来人到了一定年岁,总会喜欢和家乡相像的风景,企图感受到故乡。

住宿在汤口桥附近。汤口桥非常高,桥上桥下溪边房子鳞次栉比，桥洞下方有个菜市，咸货摊出售的火腿（可能是徽州火腿）上长着霉斑，附着苍蝇，桥洞中的空气弥漫着腊肉与咸鱼的气味。在一家旅店买了温泉票和泳衣，晚上去山中泡温泉。暮色中上山，一路非常幽寂，道路两侧生长着笔直高大的杉树。不知道这温泉是不是徐霞客泡过的那一个，总疑心不是天然的温泉，只是普通热水而已。《徐霞客游记》里写过黄山温泉："池前临溪，后倚壁，三面石瓮，山环石如桥。汤深三尺，时凝寒未解，而汤气郁然，水泡池底汩汩起，气本香冽。"这里全然不是这样，溪水和岩壁都离得很远，汤池为男女混浴，有好几处池子，汤水也不见得洁净，尽管如此，在缭绕的水雾里泡温泉时，感到前所未有的放松和自由，是第一次远离家庭与小孩的自由，但由此也产生一种负罪感，一种与幸福感并存的忐忑的负罪感，啊，太幸福了，然后脑中划过一个念头：这种幸福是不是为死亡准备的呢？因为将要赴死，上天才会赐予你这种幸福。会不会明天就死去？

上黄山之前听人们说黄山很难攀登，商店里也卖着登山杖、登山鞋等登山设备，我为这种造势吓到，店员推荐我买登山鞋，我没买。事实证明穿普通运动鞋爬黄山完全没问题。从后山的白鹅新站坐一段缆车到山腰再爬山，越过光明顶下到前山，从迎客松下方的缆车站下山，这样一段路走起来是比较轻松的。因为前山台阶多，而最陡的地方，这样走是向上爬的。

因为上山早，山间雾气缭绕。松山的景色美极了，山峰嵯峨，云雾簇拥，遥望松色黑得像是墨水画上去的，时有几只雄鹰在那云雾间出没。在始信峰眺望，眼前展开无数广阔的绿色山脉，令人豁然开阔。远处绿色山脉间有引人遐想的幽深山峡，近处峭壁如削。深渊就在脚下。在景色幽深壮美之地容易联想到山神之类的，黄山就是能让人联想到神之圣域的山岳。

登光明顶的路途中，崖壁间和溪涧水边长满了茂盛的夏草，鹿蹄橐吾清圆的叶簇间亭亭地开着黄色的花，草丛中八仙花、粉色绣线菊、某种凤仙花、大叶铁线莲、刘寄奴等花争相绽放。有很多野萱草，开着黄澄澄的花，特别富有朴素的野趣。山中很凉，五六月结果子的悬钩子属还结着果子。今年七月气温偏低，在山里感觉像五六月。在上光明顶之前的一段路，听到了棕噪鹛（当地俗称黄山八音鸟）婉转嘹亮的鸣声，它在树丛中循环啼啭，细数了几次，似乎是六个音节，圆润悠扬，动听极了。这一路的高峰、深岩、花色、鸟声，无不令人畅快。

但此行最高级别的快乐，是来自绝壁上和深山幽谷中的野百合。过迎客松后，在一段栈道边，不经意抬头，看见笔直绝壁上，岩缝稀疏的草丛中，竟然有一朵乳白色的野百合傲然挺立于极薄的白雾中，花被片外侧那一缕淡淡的紫红色在花瓣里侧映出一抹极浅淡的红晕，整个花筒略微颔首，十分纯洁美丽。这朵野百合的光辉照亮了我，使人精神振奋。有一朵肯定会有第二朵、第三朵，接下来的路程，可以称之为寻找野百合之旅，一路上，我留意着上方的石壁和脚底深渊边的崖壁。近玉屏站时，在下方山谷看到一丛，更远一些的山石间还有一丛！即使生长在同一地点，这些百合花之间也有着细微的差别，有着不同的个性，有的百合花被片外侧呈现大面积浓郁的紫红色，这一点像岷江百合，不过雄蕊和花柱比岷江百合短很多，花蕊颜色也不同，花筒内部也是乳白色的，非岷江百合那样晕染黄色。接着，在另一处山谷的杂草丛中又有零散的几朵，白色喇叭似的野百合开放在雾气中，弥漫着清幽高洁的气息。不由想起缪尔说百合花："百合花是真正的登山家。"它凭借自身强大的生命力登上悬崖绝壁静静绽放，散发出超凡脱俗的光彩，令人怦然心动！说来奇怪，花儿所引起的愉悦感，可能是有不同级别的（因人而异）：就拿夏花作例子吧，有的花儿只是抵达你的眼睛，令人觉得悦目，如常见的凌霄花之类的；有的花儿或许只是进入大脑，使人产生短暂的快乐，如带着清凉感的荷花；有的花儿却能触动心灵，抵达内心世界，比如栀子花、百合花、桂花之类的。这是什么缘故呢，或许与花本身对我们生活的参与度有关吧，与我们过往的生活或与童年关系越密切的植物，就越能触动内心。此外，或许，深山中和高原（高山）上的野生植物从某种程度上比日常中的植物（我当然也赞美日常植物一万遍）更吸引人心，有很直接的冲击力与震撼力，也更纯洁，富有野性与灵性。

这野百合无疑是黄山最好的礼物。山中的旅行就是如此，比在别处受益更多。自然能给我们带来意想不到的礼物。旅行就是深入一个重要而美丽的事物的领域，源源不断地为生活带来新鲜感，以及自由与明朗之感。

下黄山后，直奔汤口车站去宏村，路途风景也像楠溪江。但我不大喜欢宏村，宏村让人寂寞。那晚住在宏村的客店，第一次感觉到无处着落的旅途上的悲愁。不过好在有村郊田野，宏村田野里的荷花田很美，有马儿在荷花边吃草，是很古朴的光景。西递则比宏村好很多，游览西递那天雨下得很大，村庄几乎没有游客，雨中村庄极为安静，风景洗尽铅华般清新美丽。去碧山的一路风景亦佳，河流长满丰美的水草，河水涨得很高，上方横着二十世纪七八十年代风格的旧桥。水田里还有晚插的单季秧，到了秋天稻子收割后，会种上油菜吧，

黄山崖壁上的野百合

雨天的西递村

三月田野会开满油菜花与紫云英。田野上矗立着古塔。破屋前开放着半衰的白百合,一片翠绿的芝麻开着淡粉色的花。合欢花开到最后,已经有点邋遢了,但在雨中一切都熠熠生辉。

2019年7月

秋野

一

每到秋天我就想念桂花的馨香。今年（2021年）秋天南方暑热迟迟未退，桂花开得晚，十一假期回老家途中先去杭州碰碰运气，或许有的地方已经开了，走到乌龟潭、霓虹桥一带，桂花一朵都没有开，不过，水边开着一树顾影自赏的木芙蓉也很美。往山里走，坐车路过石屋洞、满觉陇、水乐洞、杨梅岭、翁家山，在龙井村下车，这一路的桂花树也都没开花，山中显得有些寂寞。从龙井村上十里琅珰，目及处山野上都是被修剪得整洁有序、线条圆润的茶园。山道边遍是绚烂的淡紫色胡枝子花，田麻嫩黄的小花也点缀在草间，辣蓼几抹淡红色的花穗出现于草丛，野柿子半青半红，一切都沾染着秋气。走到山顶，秋风沁凉，四周幽静，有秋望之趣。山顶道边金荞麦（野荞麦）开满雪白的花朵，木质化的根茎使它看起来像硬朗的灌木。野荞麦和荞麦的区别是根显著木质化，为多年生草本，总状花序，而荞麦为一年生草本，根不木质化，伞房状花序。

山风渐渐大起来，天快黑了。从天竺山下山，薄暮昏暗寂静的山间，远远地听见山林里窸窸窣窣的，以为是风吹树叶动。蓦地，一只大而美丽的白鹇（雄）快速地从前方的山道上一晃而过，然后消失于树丛中，紧接着，静静的十月黄昏，山下的寺院传来了晚钟的声音，咣咣咣……那肃穆悠远的声音回荡在山林下方，宛如世外之音，而白鹇那洁白的身影又犹如仙鸟，这让人的心灵仿佛体悟到了某种神启，瞬间感觉到幸福与一种洞明。杭州的山总是会让我遇见这种神性时刻！这让人心潮澎湃的短暂一瞬，大概就是《鱼王》中写的那种时刻——"这是独一无二的圣灵在世上翱翔的刹那。"这犹如神灵来到世上的刹那，转瞬即逝，却也是永恒的。

从这只白鹇出来的方向望去，远处的杂木丛中还有一只白鹇的身影时隐时现。我心中顿起贪念，希望这只白鹇能从林中走出来，重现刚才的一幕，让我再一次体会那种悸动。然而过去的时间是不能再次复制的。我们远途奔赴，很幸运能抵达这种时刻，这是人的心灵与自然界达到最微妙的交流的时刻，在漫长的旅途中，我们或许还会多次遇见类似的瞬间，生命也因此渐渐丰盛、完满。

二

老家的村子虽处山地，但桂花也没有开。村郊山野上，只有茶园的茶树零星开了几朵纯净的白花。初秋傍晚的太阳把金色的光辉投射到民居旁的稻田及竹林边的稻田上，山中的稻田不是大面积的，而是一小片一小片成熟的金黄，散发着好闻的稻香，稻田上成群蜻蜓在夕阳和微风中漫天飞舞。地里的人沉默地劳作着，他是我的小学同学，村中我们这一代唯一的农夫，他过着淳朴的小日子，每天在山野上劳作，然而仿佛对青山草木、潺潺溪流都熟视无睹。远处有人哐的一下一下在砍伐竹子，声音在山谷回响着。空气纯净清凉，吸入它像饮下甘露。一切都令人心旷神怡，永不厌倦。

黄昏坐车下山时，见路旁的山野上野葛花正开，这漫山此起彼伏的葛花，在落日下一闪而过。我让司机停留了短短的三十秒钟，只拍摄了一簇花。这是豆科葛属藤本植物，遍野缠绕，浓绿的藤叶宽大浓密，大面积蔓延，那绿色中矗立（非悬挂）着一簇簇浓紫色的花穗，形状很像紫藤，但更大一些，浓紫色的花朵又完全不同于紫藤的细腻，有粗犷的山野气，洋溢着乡土气息与浓浓乡情——也许因为它的根系过于壮大，那种根啊，像会牵引着人，当异乡的秋风吹起时，你就开始想念葛花了。花瓣中最大的旗瓣中心的那一点黄色，使整个旗瓣看起来如凤眼莲那样，像有着一只竖立的眼睛。我秋天很少在家乡，难得遇见野葛正开花，这漫山的秋天的眼睛，弥漫着秋趣。野葛花可入药，农业用途也广泛，茎皮纤维可织葛布、拧绳子、造纸，叶子可以当饲料，块根制葛粉，食用或入药，是一种古老有用途的植物。

　　去年秋天这个时候也回来过，没看到野葛花（去年物候早，可能已经谢了），当时第一拨桂花开到尾声，整个村子荡漾着浓郁温馨的香气。当然，桂花的香气也蕴含着乡愁，若论植物的乡愁指数，桂花当列第一，其后也许是桃花、映山红、栀子花、紫云英、油菜花等。桂花是纯粹的中国气质。原产中国的梅花、石蒜都被日本广泛种植，只有桂花还彻底属于中国。我们村中已经没有老桂花树，现在这些都是新植的。山野茶园边缘种了好些小桂花树，也没人收，在风中簌簌落到山间沟渠的水中，花朵还很新鲜，那桂花流水奢侈地奔流着，令人惋惜。碰到有两户人家在打桂花，花朵簌簌洒下，红澄澄堆在尼龙纸上，有农作物的丰实，盈满喜气。邻居把收好的丹桂晒在我家院子里，地上铺满华美的橙红色小花，香气四溢，我仿佛沾了什么光似的，心里十分快乐。那天在村路上遇到一个五十岁左右的村民在散步，此人独居一生，我平时跟他也没怎么说过话，喜气洋洋的我忽然跟他打招呼：

"你真幸福啊，一直能闻到这香味。"

他淡然回道："时间很短的。"

不料今年有人告诉我，他在不久前去世了。他大概想不到去年秋天闻见的桂花香味，是他此生的最后一次。时间很短的。这话像是在说人生。

2021年10月

喜欢的土地

楠溪江中游的苍坡村和岩头村、芙蓉村一样，是这一带的典型古村落。括苍山在永嘉境内的主峰苍山尖就在苍坡村的西北方，村子位于苍山尖的山脚下。进入苍坡要经过一片广阔的田野，这田野向西一直延伸到霞美的山边，向东到渡头村，非常广阔。初秋时节稻子黄熟，田野一派金光明媚。清晨尤其迷人，住在苍坡的两天，每个早上都会先来稻田间的小路散步，那些垂垂的、饱满的、带着露珠的稻穗，令人百觑不厌。

稻谷像是另一种土壤，散发着亲切而永恒的光芒，值得让人类敬重。人类天生迷恋泥土，幼童时期就喜欢玩泥土，稻田也总能吸引人类的目光，就像人们对泥土和土地的依恋。很多成熟的粮食都凝聚着阳光的色泽，麦穗、粟米、玉米，稻田的金黄最接近秋阳之色，无论行到何处，秋天的风景中，最动人的，就是水稻。楠溪江深处有个村落叫茗岙，那里高山的山坡上尽是梯田，无论是春天的开犁节、插秧季，或是夏天碧绿的梯田，秋天金色的梯田，每个季节的风景都惹人心动，让人想起E.H.威尔逊说的，"在水稻种植中，中国人的耐心、才智和无比的勤劳得到充分体现……中国的梯田，其开发的技巧和进行此项任务中所付出的时间和艰巨的劳动，简直是一个奇迹"。此外，有一年秋天在天台县旅行，国清寺外有一片僧人种的稻田，暮色中那沉静的金色美丽非凡。稻田边村落的土地里，柿树垂挂着亮晶晶的红柿子，透过缀满柿子的树枝，映入眼帘的是耸立在苍茫暮色中的隋塔。古老的塔下，有农民在地里翻土、浇水。稻田周围有一些经年的大树，散发着幽暗静穆的气息。天黑后，游人散尽，国清寺山门至后山的稻田一带，犹如《聊斋》中的场景。古寺的山门与黄墙、稻田上方树梢挂着的绿色纸灯笼、一座刻着"般若"二字的古石桥、稻田近旁天台宾馆窗户透出的昏黄灯光，这一切都带着胡金铨电影《山中传奇》的古典氛围。那次天台之行，让我印象最深的就是这些和稻田有关的风景，还有天台山那"石桥危险古来知"的石梁飞瀑。

走过苍坡早晨六点的笔街,踏着细雨后湿漉漉的石板路,抬头看见笔架山笼着白茫茫的晨雾。早起的人已开始炊饭做酒,空气中有熟糯米的香气混着旁边稻田的香气。做纱面的人家已经晾好几架细细的纱面。有人在古井边用吊桶汲水,那汲水声听起来悠然又清凉。古屋群中偶尔杂着一座坟亭,有一种古老阴暗的气息。墙角一丛巨大的鸡冠花化解了那阴暗。水月堂(宋代古建)前的池子边和后溪都有早起洗衣裳的人。后溪溪边阴凉的古树已经消失,楠溪江中游的生态破坏得越来越厉害了。近年楠溪江中游的一些滩林,被砍去滩林沿岸原有的树木(能防洪、保护水土),改造成音乐公园或健步道,对生态造成很大的毁坏,令人痛心。还有苍坡的这片稻田,稻田间常被修剪出丑陋的标语、口号,破坏天然之美。

稻田上的每个早晨都不同,每一个黎明都新鲜绝妙。田埂篱落间有蓝莹莹的鸭跖草湛然开放。广阔的稻田尽头,叠叠青山萦绕着白雾。更远的山间,雾霭弥漫山腰,那个叫塘家湾的村子,正半掩在一片白雾中,犹如神仙居住的地方。太阳隐在云里,却洒下一道光,这万丈光芒正照射着那个山村,使人忍不住想要探访那雾中、光芒照耀下的村子。近处,稻田里有人正在探察谷穗的成熟度,看看是否能收割了。要是能

国清寺外的稻田

芙蓉村郊的秋野

像此人就好了，有热爱的土地，能天天在这里观察。这是一种"有根"的感觉。我的愿望就是要在家乡的土地上自由地生活，和尽情地享受生活。所谓尽情享受生活不是指虚无的享受或声色犬马的生活，而是去探索一个地方的内在，深入事物，去了解它的大地，它里面的动植物、居民、河流、山峦、森林、建筑、风俗人情等，领略它的天空、光线、气味、风、黎明、黄昏、夜晚、四季，体会那里的炎热、清凉、寒冷……人一定要生活在自己喜欢的地方，才可以自由地散步。

中游一带的田野，许多年来能保持原貌的，就属苍坡至霞美的这一片田野和芙蓉村西郊的田野了。此外，芙蓉村附近的张大屋村郊，也有一小片稻田，稻田周围的土路边种着一排巨大的苦楮树，有旧时风貌。芙蓉西郊田野秋天的落日十分壮美，夕阳还没完全落下来时，只是落到最高的芙蓉峰后面，会有一束光线从山后斜出来，照耀着略低的远山的曲线。接着，夕阳很快就落下去了，群山陷入黑暗。我也熟悉芙蓉西郊田野的春天。三月，美丽的紫云英铺满田野。田野旁立着一座古老的路亭，有浅褐色的木柱子和青瓦，路亭旁的地里，牛儿垂着头缓缓地吃着紫云英。春野里还有鲜绿的新树和桃花相错而生。山边的紫云英地夹在一带郁郁青青的小麦和一带金光闪烁的油菜花中间，由近至远，青麦、紫云英、油菜花、田边的绿树、远处的青山，构成不同颜色和层次的美，让人想起《辉夜姬物语》里的春野。

高畑勋的《辉夜姬物语》正说明家乡风土就是一个人的根本，喜欢的土地和土壤于人是如此重要，这意味着自由。辉夜姬在山里生活时那种自由与快活的天性，在搬到城里后都消失了，她失去了赖以生存的东西，毫无生机。她童年时的那些事物：竹林里的山茶、梅花上的莺啼、饱满地缀于枝头的玉兰花（日本辛夷）、山里幽静的紫藤、清新的杜鹃、溪桥边的八仙花、从泥土里复苏的竹笋、晴天的蒲公英、雨中的大蓟、田里的香瓜、崖壁上的蘑菇、鸭跖草与龙胆、山葡萄与紫桔梗、雉鸡、冠鱼狗、野猪、梅花鹿……都不再触手可及。山塑造了她的个性和内在，山里的事物也是她在尘世所留恋的。她在城市生活时，在后院仿造了一座小小的家乡的山，用茅草当竹子，艾草当树，还种了几簇粉色百合花，但只得一点点的安慰。某年春天，辉夜姬出游春野，春野依次开着油菜花、紫云英，然后是一片青麦，这种植物的层次和颜色，正像芙蓉郊野的春天。辉夜姬从城市回到山里，她以拥抱的姿态奔向山野中的樱花，那种狂喜的心情流露，让人高度共鸣，我回永嘉和楠溪江，就是这样的心情。

《辉夜姬物语》让我想起黑塞的话："喜欢探索和有智

苍坡村稻田篱落的鸭跖草

芙蓉村郊野的春天

慧的人，会在心智成熟的年纪里还回头溯寻童年，重温当时的心灵活动；然而大部分人早已忘却，或者永远抛弃了这个真正重要的内心世界，一辈子迷失于纷繁的尘世，在烦扰、奢望与目标之间征逐浮沉。"黑塞所说的一个人要回归他的根本内在，似乎是需要慧根的，和《辉夜姬物语》中的宗教内涵不谋而合，辉夜姬因为愚蠢的父亲而再也无法回到故土，既然不能过那种自由地亲近"鸟儿虫儿和野兽，青草树木和花"的生活，那就不如归去——离开尘世，回归仙界。而归去，也似乎就是前世早已注定的，在她童年时，在山间第一次唱"松风犹似唤侬归，自当速速就归程"这前世之歌时，仿佛已经看见了自己在尘世生活的结局，使得她边唱边落泪。

2021年10月

最纯洁的溪流

一

楠溪江上游岩坦镇的深山之中，还有许多值得探访的古村落。有一些村庄在楠溪江源头一带，如楠溪江发源地大青岗（海拔1272米）附近的罗垟村，非常深僻，屿山村（开发后叫暨家寨）是源头村庄中交通相对便利的村子，在去屿山的途中，邂逅了深龙溪。

汽车从岩坦镇的公路转入山脚逶迤狭窄的道路，风景就变得不同。道路（建于二十世纪九十年代）沿着山间曲折的溪谷进入山的深处。这溪谷被称为深龙溪峡谷，全长约30公里。溪谷中从发源地奔流而出的山泉流经外面的岩坦溪注入楠溪江，也把清澈洁净的灵魂带给楠溪江。一路上都是令人惊叹的原生态清幽风景，楠溪江溪山之美的精粹似乎都集中在此处了。途中只有两个小村，叫磕头和铁店垟，像是古道上供来往路人休息的驿站。过铁店垟几公里，便是深龙村。村庄在峡谷略微宽阔而平缓的一个转弯处。深龙溪打村子右侧流过。山外还是秋老虎天气，此处的山气却是沁凉的。峡谷两岸山峦叠翠，溪流发出鸣响，越过水流声的只有嘈嘈的晚蜩声和嘤嘤鸟鸣。这里有着原始森林的寂静气息。

　　这真是一条令人心旷神怡的溪流，大概也是楠溪江山中最纯洁的溪流，水浅的地方，清澈的水流在卵石上汩汩地奔流着。水深处的水色呈现透亮的松石绿，溪水澄澈见底，水底卵石粒粒可数。溪流旁山麓间有片竹林，静如镜面的泉水中映着一团团竹影，使水面一派竹绿，那郁郁葱葱的水中仿佛凝聚着一个春天。秋风吹过，竹绿的水面轻轻漾起涟漪，一股凉气仿佛是从泉水中飘起似的，扑面而来。一切是那么恬静，让人仿佛处于天刚刚亮的时候，梦乡还没有飘远的静谧之中，或者，这里就是梦中的地方！将手脚浸到泉水中，幽凉洁净的触感使人如同闻到清洌的白梅花香气一样，精神为之清爽。若在冬天，这水一定是温暖的。深龙段的溪流旁毕竟有村庄（门前有一条清溪或河流多么令人羡慕啊），溪水水质远不如峡谷上游的泉水纯净，在靠近源头一带，那山泉中依然栖息着两栖动物大鲵，还生活着蝾螈，大鲵和蝾螈喜欢最洁净的水，可见这里溪水的纯洁。幽深的水中据说会闪现花鳗鲡、凤鲚、刀鲚。蛙类丰富，还有楠溪江香鱼。香鱼秋天在江河下游产卵，鱼苗顺流入海，春天逆流而上，到达楠溪江中上游，一些游至源头纯洁清澈的溪流中。峡谷上游两岸也是野生动物的家园，常有各种蛇类、野猪出没，还有梅花鹿、黄麂、獾、猴、穿山甲等。

溪滩上遍地鹅卵石，石滩间一处生着一棵小小的木芙蓉，开出一朵淡粉色的单瓣木芙蓉花。"这花儿开得可真大呀！"女儿叫道。这棵花不知从哪里飘来的种子，选了这个好地方生长，花儿映着清澈的溪水真美啊。去年秋天我和母亲第一次来这儿，并没有这棵花。去年这里还是人迹罕至，今年不远处溪滩上有人搭帐篷露营，他们打牌、烧烤，散布白色垃圾，扰乱了森林的寂静，如同在风景区和高山随意采挖野花一样，具有破坏力的人总是对自然造成威胁。或许，纯洁的风景要求欣赏风景的人也同样心地纯洁。

风景岑寂之地令人容易联想到孤独，但这里终日有幽静的森林、溪流、山峦、鸟儿以及潜藏在深处的事物相伴，倾听着潺潺流水声，心灵会很充实吧，或者说，人们是需要独处才会来到这样的地方。比起宗教、艺术、爱情种种，最不会让人孤独的终究是自然。并且，和自然交往永远都不会有不愉快，因这种交往不存在人性之恶与复杂。这里让人想停留更久，想看到更多，如果能看到这里的春夏秋冬、雨天、雾天、黄昏，特别是黎明，该会得到多少自然的恩赐和生命的欢欣啊。然而看到这些纯净的风景，觉得对生活不能再奢望更多，这似乎能使一些欲望得到控制，也许美丽的自然会影响人的修为和性格，这是灵魂从山水的精神里得到的东西。

二

喜欢一个地方和一座山的方式，就是用脚去丈量它。我们弃车徒步，沿着溪流边的道路去海拔500多米的屿山村，全程约5公里。群山层层叠叠间，溪谷向悠长的山峡深处伸展，群山高处生长着墨绿的松杉林，山腰和山麓为杂木或竹林。森林和峡谷一片岑寂。路旁长着很多白花败酱，一簇簇伞房花序的白花间不断有蝴蝶停留。山边灌木杂生，胡枝子特别多，开着美丽的紫花。博落回一小棵一小棵笔直地长在山边林下，伸展着大叶子。道路边长着深绿色的马兜铃，母亲试图摘一些来当草药喝，声称能调节肠胃，但马兜铃是有毒的，山里人总是盲目地去使用草药，也对农作物充满迷信，比如他们认为小麦能治疗盗汗。他们的生活沿袭了许多古老的法则。

一公里后上山。仰望山峡两侧翠绿萦绕的山峰，比深龙村段更陡峭了。这条峡谷上游有许多地方都十分险峻，如聋耳朵坑、阎罗岭、龙门峡……光听名字就让人倒吸一口冷气！山中亦遍布瀑布，垂挂瀑布的崖壁耸立如屏风，展现多姿的火山岩地质景观。就像高山之于探险家的吸引力，这条溪谷也常年吸引着一些登山爱好者溯溪徒步。我之所以再一次来到这里，大概也是源于原始森林有一股生动的力量将我紧紧吸牢，仿佛森林越是幽暗，越能让我们感到光明。冈本加乃子的小说《东海道五十三次》，正是关于自然的吸引力的故事，东海道是东京到京都的一条古道，有五十三个驿站，书中描写了几位迷恋这条古道的人。古道似乎有种魔力，让这些人深陷其中，不停在其间往来，"几百万人走过这条路，尝尽了旅途的寂寥，体会了豁然开朗。这些心情，早已深深渗透进了沿途的泥土、古松、数不清的驿站房舍里"。我和这里的缘分，想来还只是一个开始。多么希望能有一整个春天的时间在这里，看溪流之上水雾腾腾，看山中黄山玉兰、油桐、厚朴、鹅掌楸、木油桐等树木次第开花。

越上升视野越广阔，在山腰已经望得见刚刚从深龙走过来的道路和山峡了。山中很多香樟、柳杉、杉木、柏树、枫杨。近处的山道边有枫香、银杏树、山核桃等，树木使山路显得静谧、深邃，山道外常见结满橘红色果子的山桐子，以及算盘子、水团花的果实，路旁有瞿麦开着浓艳娇柔的花儿。在芒萁丛中发现两朵粉紫色的野菰花，这是一种寄生植物，花梗和花瓣边缘都显得有点枯黄，没有水分，极其独特。近村庄时，路旁有杠板归、鸡屎藤、青葙、垂序商陆、梵天花，梵天花很像地桃花，主要靠它深裂的叶子区别。栗树上有栗子爆壳，柿子树垂满果实，所有的植物都那么美，照亮你的心灵。

屿山村被青山包围，四面八方都是树的海洋。村中只有十来座房子，都是保存得较好的古民居，显得整个村子十分宁静古朴。村民以经营民宿和农家饭馆为主业，宽阔的庭院里飘扬着干净的白床单，几棵红色鸡冠花昂然而立，洋溢着健康的乡村生活气息。村路旁有扁豆花、凤仙花、秋葵花。山边一座古屋后有一棵高耸入天的大香樟树，有着漂亮浓密的树荫，浓荫让树有了深度，如深渊般幽邃，吸引着游人。在香樟树下的人家吃了山家菜。饭菜新鲜可口，是纯正的山村风味，菜有芋头烧排骨、八轮丝瓜、紫短豇豆、红糖糯米丸子，还有楠溪江田鱼。田鱼是楠溪江的土产，一种养在稻田里的红鲤鱼，肉质肥美鲜嫩。只有吃营养又好吃的食物才不会浪费胃口，在家乡旅行的好处就是选择事物更明确清晰，眼睛和胃都不会浪费。去年秋天来时，在另一家吃的饭，等菜的我们饥肠辘辘，饭桌上正有一个本地大月饼，问能不能吃，老板娘说尽管吃。月饼很美味。结饭钱时我要付月饼钱，老板娘笑着说这怎么能收呢，拒绝了月饼钱。和这里清澄的风景一样，山村里还保有温暖朴实的人情味。今年原本还想去她家吃饭，老屋却关着门。

在村子山巅的观景台鸟瞰，觉得这真是一个山之国度，无尽绵延的青绿色群山威严壮美。这些深山中，散布着不少古村。去年秋天我在岩坦镇上住了几日（镇上有早市，很多老人卖自种蔬菜或山货，每天早上我都兴致勃勃地看上很久），走访了这附近的茶园坑村、碧油坑村，还有稍远的岩龙、乌岩坑、张溪林坑等地。这些村子都有让人印象深刻的地方。茶园坑保存完好的老屋数量较多，古屋旁黄熟的稻田边开着红彤彤的鸡冠花，色彩朴实鲜丽，鸡冠花旁的园子种着红薯，这种品种的红薯因为叶子像牡丹叶子，在永嘉叫"牡丹番薯"。碧油坑原名背牛坑，因为山高路陡牛儿上不去，需人力背上去而得名，村子造在悬崖附近的平地上，悬

深龙溪

深龙溪的溪水

茶园坑村的稻田、鸡冠花、牡丹番薯

崖有瀑布垂下。岩龙村有巨大的古樟树,树龄八百多年,树干底部有一树洞,可容纳多人。张溪林坑(和黄南林坑不同)的长屋及古门庭都很可观,那古屋门后有小朋友羞涩地探出脑袋来观望游客……

2021年10月

嫩菜抄

嫩菜抄

山居生活

  2021年1月下旬，我又回到楠溪江下游的老家山村居住，跟随时节的脚步在山中生活，为期一个多月。一直以来，本省、本市游客或外省游客，都较关注楠溪江中上游古村落，其实，楠溪江下游山中也有不少古老的山村（海拔200至700米不等），其中一些山村都有很美丽的名字，如行禅、木桥（我们村）、仙客、龙川、界塔、西叶、东嶂、大嶂，山脚的村落芦田、绿嶂等地名也好听。这些村子因为位处山地，比起平原上的古村落来，有着不一样的情韵。

这次照例在瓯北镇上采购食品和生活必需品后上山。中午到了老宅，阳光无穷无尽，我们晒被子、晒鞋子、晒脸盆，什么东西都往大院子里一扔，让太阳消毒。接着去打水，清洗水缸无数遍，再去后山引来山泉水（今冬干旱水流很小），把水管带到屋子里来，让水叮叮咚咚地流进水缸。有了水，才能洗土灶、洗锅具和碗筷。在山里洗东西很不方便，因为没有水龙头，洗什么都要从水缸舀水到盆里，包括洗脸。我们洒水扫地、擦桌子、擦窗子、铺桌布、挂窗帘，仿佛在重建一种生活，一种过去的生活。房间木板墙上还贴着1987年的日历，显示着老宅丰富的记忆力。

在山里住，常觉得自己还有过贫穷生活的能力，或许适应各种生活的能力和快乐的能力一样重要。旧屋简陋，提水洗菜，烧柴煮饭，都能应付自如。这种烧火做饭时偶尔还会划破手的生活，对我来说也不比北京的生活差多少。我一直没有特别庞大的物欲，有的是小小的物欲，买喜欢而不贵的衣服、书、瓷器。我的生活观就是，健康踏实愉快地生活，并抱着一种清洁的清贫感。所谓清贫感并不是指物质上刻意保持清贫，只是说思想方面有这种节制，有些物质就算我消费得起，仍然不会去买，消费只维持在自己的舒适区（更重消费质量）。从欲望中解脱出来，也是一种自由。可能还是需要保有一种独立而节制的精神，及内心世界的恬静，洁身自好，"去组织、去形成一种特别幸福与纯洁的生活方式"（里尔克）。这可能有些说教，但读梭罗的某些书也时常有读《圣经》之感（受影响很深！）。

房屋打扫毕，带孩子出去漫游。在村路上随便走走就获赠草莓和橘子。别人家树上的柑子也可以摘来吃。山中梅花快开了。山鸡椒正在开花。看到熟悉的地方长着熟悉的植物，觉得离土地近了，重新闻见泥土的气味，呼吸着清新的山气，这些似乎都有了内在意义，是那么真挚、亲切，令人舒畅。

太阳明亮而温暖，体感温度20℃左右，尽管阴凉处的草上还结着霜。不知不觉走到龙川村上面山中的寺庙。小朋友走饿了，我们去山庙里讨吃的。庙前竹匾里晒着结香的花和番薯糖（煮红薯的水凝固后晒成糖），窗户前挂着腊肉。在庙里的厨房，我们见到了庙祝夫妇。

"师父，我能拿一块番薯糖吗，小孩饿了。"

"当然可以了。"他们的语气充满善意。然后又拿出一些面包和零食送我们。回木桥的路上小孩问："为什么这儿的人都这么温柔啊，都喜欢分东西给人吃。""可能在山里人与人之间的关系更友善，更自然吧（这是美好的一面）。"正说着，前方传来一阵清脆悦耳的"叮铃铃"声，只见一头老牛后面跟着一头小牛犊迎面走来，小牛的脖子上戴着铃铛，那动听的铃声正是从小牛身上发出来的。

小羊羔

清晨，邻居家的小羊羔出生了。那咩咩声如同婴儿的哭声一样纤细稚嫩，传到我的梦中。早上跑去邻居家一看，发现他们不在家，小羊羔被生在屋旁干涸的水沟里。暮冬的早晨多冷啊，我小心翼翼地把小羊羔抱到屋檐下羊圈的稻草堆上。小羊羔六七斤，隔着毛巾抱起来很像柔软可爱的婴儿。它在稻草堆上总是不安分，之后我把它放到篮子里，盖上一件旧棉服。但它根本躺不住，摇晃着站起来，要找妈妈吃奶。任何新生命的诞生都是美好和令人感动的，初生的小羊羔毛色白净，像新生的树叶般透着强劲的生命力，有一种原始的生动。我想起杰弗里斯的句子，"小羊在围栏里出生，晨星在天空中闪耀"。羊妈妈在稻草上休息，看到它来到身边，就开始不停地舔它。刚刚生产完的母羊丝毫不显得虚弱，焕发着高贵的光辉。

这天吃早饭的时候，看到了屋前桃树上的常客北红尾鸲（雌鸟），那圆滚滚的小身影十分可爱。我放了些饭粒在树枝枝干上。下午，养羊羔的邻居借了一只母鸡给小朋友，养在桃树下。隔天母亲从镇上买回来一只公鸡，小朋友说，让它们谈恋爱吧。邻居说，他们一早就上山采草药了，要不是我抱小羊羔回羊圈，它可能就冻死啦。

走到野外，稻田里，一只蛤蟆鼓着大眼睛躲在稻茬底下，一动不敢动，表情似乎很侥幸，它还以为我们没有发现它呢。田间已经绽放出阿拉伯婆婆纳、繁缕、鹅肠繁缕、球序卷耳等野花。这一整天，我和小朋友都时不时地去探望和照料小羊羔。实际上之后整个假期，小朋友都在观察小羊羔和鸡们。可爱亲切的小动物给孩子们带来的快乐是其他事物无法代替的。

雨滴与日落

晴暖的天气里，一月下旬山里已经很像春天，下雨天就完全是春天了。这天，早上下起了雨（最高气温20℃）。干旱了几个月，这时候的雨尤其令村民们高兴。雨水冲刷着一切，滋养着一切，蔬菜和草木在雨中也精神了很多，周遭变得更加洁净，焕发出生机。雨声是一种令人愉快的音乐。雨滴打在老屋后的破水桶上，那咚咚声像远而轻的小鼓声。雨滴让心灵产生喜悦，让眼睛变得明亮。雨雾中，春天的身影显得更清晰了，在山野上看到了第一朵开放的桃花，闪亮的雨滴镶嵌在花瓣上，花瓣色泽是浅淡纯净的粉红，薄而透明，意味着春天。雨滴是如此博爱，它缀满桃花和梅花的花苞、悬挂在柑橘果实的边缘、遍布所有树枝。白鹡鸰成群地短暂停留在树枝，不停发出鸣叫。山里鸟鸣丰富，我无法一一辨别它们，但鸟儿们能明辨新的季节已然到来。对季节、阳光、雨滴的感知，没有什么能比鸟儿、草木、作物等更敏锐更聪慧。并且它们会以各自的方式表现出季节，构成一个令人着迷的世界。山间雾气弥漫开来，群山与竹林顷刻间淹没在雨雾中。看着雨雾中的这些纯洁之物，那些因长久在城市生活而损耗的活力得到了恢复。一周前北方城里零下十几摄氏度的天气已经很遥远了。

　　下午放晴，欣赏到了壮观的晚霞和日落。远处，西边群山间的缭雾还未完全散去，夕阳在落下之前，把群山间的薄雾照得一片金色。天空的云层也被照得一派金黄，刹那间金霞满天。真正的落日熔金！一两分钟后，落日下降一些，叠叠黛色山峦间的薄雾从黄雾渐渐转成淡橘色。远处的市镇也笼罩在金色至淡橘色的薄雾中，山脚平畴边那泛着金光的一带河流，就是楠溪江。

　　近处，下方的山谷内，夕光瞬息万变。最开始，夕阳照着

山谷里的夕光瞬息万变

落日将尽

日落后

山谷，山谷的山林还维持着青绿色，山林间的薄雾是青白色略微泛黄，约一分钟后，山谷的山林从青绿泛白转为浅黄色，几十秒后已转至粉红色。落日在远山后方只剩三分之一时，远山和山谷全都笼罩在一层朦胧的粉紫色之中。那粉紫色中又飘着泛白的雾气。

日落之时，所有的美都是争分夺秒的，一眨眼你就错失一种色彩。那些色彩的变幻如此奢侈，使乡下的黄昏降临得那么隆重，珍贵，完美，优美如歌，让人心旷神怡。你有没有试过一整天都过得很快乐？在山里就可以邂逅这样的时光。

泉水

没有太阳、没有雨的阴天，大地坚硬，山野看上去冰冷荒凉，还没真正苏醒。冬天的干旱使一些树死去。直到看到泉眼，才感觉到某种柔和灵动的东西，巴勒斯说，"泉水是风景的眼睛"。泉边长着通泉草，开着几朵温柔的淡紫色小花，离水不远的地方则有荠菜花、鼠麹草、酢浆草，这些都是春天的野草，立春渐近，山中冬春的分界线越来越模糊，土里时不时地冒出早春的花儿。

这个冬天的干旱导致村庄的很多水源干涸，大家都在努力找水。有村民说:"就算不干旱,山里的水也比从前少了,自从山脚造了隧道,水都漏下去了!"我有时走在山间,有火车从山下呼啸而过时,能听到脚下传来轰隆隆的声音。

时代的列车一直向前,没有永恒的事物。泉水如此,植物、建筑等也一样。近来这一带为了加宽环山公路,打掉了公路旁山的边缘,山边生长的植物永久地消失了。村庄周边的山体和景色都被破坏了很多。溪流也变得浑浊,风景的眼睛进入了风烛残年。村中老建筑越来越少了(每次回村都有老屋被拆掉),只有石头院墙是相对比较长久的事物(如同古城的围墙),很多人家盖了新房,幸而舍不得推掉院墙。院墙就是一个小生态,覆盖着忍冬、景天属(如费菜、瓦松等)、薜荔、阴石蕨等植物,阴石蕨土称老鼠尾巴,它的根部爬在石墙缝隙间,露出灰白色毛茸茸的一小节,确实很像老鼠尾巴。墙脚一片丰沃的翠绿,其中有尚未开花的黄堇。村中偶尔也有保持原样的石板小路,那些都是珍宝般的童年小路。

强脚树莺

一月的最后一天早晨,在后山竹林听到了强脚树莺清澈美妙的歌声。前些日还不曾听到它那空灵的妙音,早春的莺之初啼和初绽的梅花香气一样，沁人心脾，表示着春天的到来。去竹林寻找，你永远发现不了它的踪迹，强脚树莺不像北红尾鸲那样接近人类，喜欢躲藏在灌木丛中。

接下来的两天都是完美天气，最高气温有20℃，每个早晨都明亮暖和，那明亮暖和之中，都有强脚树莺圆润悠扬的歌声响起。那歌声时而发自竹林，时而发自浓密的箬竹丛中。"虾皮夹去吃！"母亲学着鸟儿的调子说道。就像四声杜鹃的叫声代表着"快快割谷"，这一带这鸟儿的歌声就是劝吃虾皮的意思，有沿海地方的好客精神。由歌声来判断鸟儿的气质是多么奇妙啊，麻雀的歌声和气质的确比较平平无奇，不过，当麻雀在地上啄食，见人来了，就飞到一尺之隔的灌木上去，自以为成功隐身的样子，也很可爱。而强脚树莺可爱雅致的歌声饱含着春天的意味，有着春笋拔节、草木萌发、山花雨水的纯洁气息。

我曾误以为它就是传说中的黄莺。当我得知强脚树莺的鸣声并非是黄莺的，而黄莺在我国实为黑枕黄鹂的俗称时，不得不说有些失望。个人觉得黑枕黄鹂的鸣声远不如强脚树莺动听。日本树莺鸣声和强脚树莺相似，可能前者更圆润，强脚树莺偏清脆些，我以前把这两者当作同一种鸟儿，并在心里认定它就是黄莺。用黄莺或日本树莺来寻找日文单词，跳出来的是同一个单词。在很多文艺作品（电影和文学作品）中，译者通常把日本树莺翻译成黄莺，如《枕草子》中，"黄莺，乃是世上所见鸟类中，外貌及声音之佳妙者"。所以才有此误会。个人之见，"黄莺"这样动人的字眼，也只有日本树莺和强脚树莺的鸣声才能与其相配。

立春

　　立春这天，这里习俗之一是要在立春的时辰烧樟树叶，以驱除家中的秽物，据说用樟树叶熏过的屋子，蛇虫今后便不入屋内。一早父母就去砍自家香樟树的树枝，捆成一团备用。到了晚上，他们点燃樟树叶，放在屋子各处角落燃烧，屋子里弥漫着青烟和樟叶辛辣的气味。对家里的小孩来说，这是很有趣的。今年立春时辰在晚上十一点左右，一个邻居说：时辰迟，就是"懒慢春"（意为春天偷懒）了。但春天前进的脚步丝毫没有偷懒。我在后山看到早开堇菜准时开出浓紫色花朵，偶尔也有几朵紫云英，碎米荠洁白的花比前几日增多了，看麦娘、羊蹄草、小蓬草、野艾蒿等野草都长得很好了，田里春草之绿渐有蔓延之势，已经有牧羊人赶了羊群去田里吃草。枇杷刚刚结出毛茸茸的果子。山野上，柃木开出一串串细小的白花,吸引着蜜蜂(永嘉有地方产柃木蜜)。山路旁依稀还有黄色的野菊花经历秋冬开到了早春。桃叶也抽芽了,野桃树枝上星星点点地开着淡粉色的桃花,带着潮润的春意。山野上茶园中梅花开成一片粉红,风中飘着梅花的香气,麻雀在梅花间扑腾。茶园中,灰头鸦发出吱吱声和窸窸窣窣的声响,听见人走动,扑扑地飞去高树,鸟儿振翅的声音美妙极了。苦楝树上一群领雀嘴鹎叽叽喳喳地在吃苦楝的果子。于我而言,立春是家乡春天的开始。

八十岁的老人在田里挥锄,打算种土豆,锄土之声和伐木之声都能引起听觉的愉悦,今天听到锄土、伐木之声外,还有劈柴声、深山中传来的狗吠声(守林人的狗)、鸡鸣声、莺啼声、斑鸠声、山泉声。还有一些可爱的声音,牛叫声、来爬山的小孩子们的欢笑声。此外,卖肉的牛角(牛螺)声每天都响起好几遍,晚点的有卖蔬菜鸡蛋的车、杂货车、咸货车、水果零食车的叫卖声。他们都是用土话叫卖的,其中水果零食车叫卖声听上去很好吃:苹果、雪梨、花生、瓜子、饼干、蛋糕、油绳(麻花)、枇杷梗、炒米糖、芝麻糖……咸货的叫卖声听起来也诱人:黄鱼、花蛤、脏鱼(海蜇)、藤桥熏鸡、熏鸭、鸭舌、虾干、虾皮、白鲞(黄鱼鲞)、鳗鱼干、金针(黄花菜干)、香菇、圆眼(桂圆)、红枣……

廿四夜（小年夜）在立春后几天，这日子对小孩来说也有趣。那天我们早早地摆好拜灶神的小食：金弹（金橘）、花生、炒米糖、雪花酥（一种古早的点心）、荔枝干、核桃、红枣。有甘蔗或荸荠和炒蚕豆就更好，但在山里买不到。在野外，采了一朵早开堇菜的紫花簪在小朋友的辫子上，我们猜着"什么花香是什么颜色"的游戏，"堇菜花的香气是淡紫色的，紫藤花的香气浓紫色，牡丹花香气是蓝色的，梅花的香气桃红，桃花的香气粉红，玉兰花香乳白色，樱花的香气雪白！"那天太阳当头晒时觉得有点热了，阴处的阿拉伯婆婆纳已经开成一片。屋檐下的桃花也开了，跑到楼上推开木窗望一望桃花，仿佛是从前的日子。

山村的除夕

过年前，去楠溪江中游小住。住在芙蓉峰（南崖）脚下的里岙村，在更靠近山的地方，有一座宋代古寺岩下寺，惜因疫情闭门了。去了永嘉书院和石门台。每年立春左右，永嘉书院的瀑布前，会有粉红色和白色的梅花开满溪谷边的山坡。溪流边，深山含笑浓绿的树叶间绽放着乳白色大花，望春玉兰早早地开出白玉般的花朵，山中四处飘逸着芬芳。早春晴暖的天气，走过楠溪江畔，干旱使江水变得很浅，到处露着浅滩。岭下、九丈一带溪滩边都是来游玩的当地人，人们被母亲河润泽着，在其怀抱里尽情享受。因为水位变浅，岭下段的渡船只能行驶一小段，有人从对岸挑了柴坐船回来。沿岸不少地方现在还有渡口和渡船，村落每月发薪水给船工。

石门台不再是幽暗的原始森林。从前这里瀑布壮观，溪流轰鸣，苍苔湿滑，独行山中会产生恐惧感。如今被人为破坏后（山谷下游正修建水库），一个人走在森林中，却不再害怕，原始森林让人本能产生的恐惧感，现在消失了。下游原本寂静清幽的风景变得浑浊沉闷，山失去了健康和活力。我多么怀念多年前那条欢腾奔流的林中溪流啊。现在是枯水季节（主因是干旱），瀑布没有水，山溪里只有细细的清泉，几乎感觉不到水的流动，没有水流动的溪是可怕的，泉水似乎被禁锢了，失去自由，丧失运动的能力。这或许就是人类破坏环境的业报。

有一些事物还能冲洗由新水库和干旱引起的烦躁。幽林中鸟声婉转，鹟科鸟类叫声如虫鸣，溪涧石上有灰背燕尾跳跃觅食，北红尾鸲雄鸟和远东山雀在茅草上摇曳。溪流旁有几棵马银花，开出了第一批紫色花朵，散发着清纯的气息。接着是野生红山茶，艳丽鲜活宛如林中小妖。毛花连蕊茶开着精致的白色小花，仿若首饰盒中的珍物。山宽宏大量，无论被怎样破坏，总有美丽的事物馈赠给你。山路上只有我一人，走至最高处的第九条瀑布，才遇见从山顶的村子挑东西下来卖的婆婆。

年三十回村前，在镇上采购了年夜饭材料，热菜有芥菜海参鸡蛋汤、乌贼烧芹菜、芋头红烧肉、清炒芜菁（盘菜）、蒸八宝饭（浇上黄酒蒸）、蒸松糕和糖糕，凉菜有熏鸡、鸭舌、酱油肉等。小时候的分岁酒（温州称年夜饭为分岁酒）总是特别丰富和热闹，头碗是炒年糕，接着是东坡肉烧黄花菜，然后是三鲜汤或海参汤、炖鸡、乌贼烧芹菜、鱼、八宝饭等，最后是孩子们的重头戏：荔枝听（温州称罐头为"听"）。盛在海碗里的荔枝罐头端上来之前，我们几个堂兄妹都已经准备好调羹摆好姿势，待到海碗在桌中央摆下，大家叮叮当当地把荔枝抢光，抢来的荔枝在自个儿的小碗里载沉载浮，还要小心翼翼护着。

今年除夕，吃过年夜饭后，我们在庭院和屋子各处点上岁灯，带小孩燃了烟花，大家照例早早睡去。山村的除夕夜万籁俱寂，夜里偶尔有人家放爆竹，半醒的蒙眬中以为是哪里在闹龙灯，寂静中几声轰鸣，有着丰年的喜悦，又归于寂然。

正月初一，这边习俗要爬山去各处寺庙烧香。我们去了四五处。说是烧香,其实是游山。平日在村中常看到远山云雾中有一座黄色寺院,听说叫卧云庵。特意跑去那卧云庵参观,却没有在远处时好看。上殿(五岳庙)造在悬崖上,以前还是古建筑时很美,可惜拆除了。从上殿往下看,散落的村落周边,田野上已经有一层新鲜柔和的轻绿色。

正月的民俗

正月的一天,我们去行禅村舅舅家吃正月酒。刚刚下过雨,电线杆上缀着雨珠,闪闪发亮。一会儿,山中起了雾,走在山路上,各类鸟鸣悠扬婉转(似乎还看到了一只灰喉山椒鸟)。竹林和青山间云雾升腾,小朋友说,雾是陆地上的云。

山路边开满荠菜花。在舅舅家也吃到了清炒荠菜,荠菜是现采的,味道清新鲜美。在北京也买过菜市的荠菜,然而没有这么美味。晚上,行禅村有走马灯表演。马灯在第一个山庙刚开始时,就下起了细雨。傍晚昏暗中,锣鼓笛子二胡之声分外动人,远远站在庙墙外,隔着冰凉的细雨,看那墙内穿戏服的人马(纸马)走动,长长的竹竿上挂着灯笼或幡旗,被高举着在墙头晃动,那种又清冷又热闹的气息,令我仿佛进入《悲情城市》里文清回忆童年看戏的那一幕。

我所喜欢的山间生活，有一部分就是这样，不经地吃到喜欢的野菜，在年节和亲戚、乡人交往，及欣赏和参与岁时古老的民俗活动：正月的马灯、（划）龙船、（划）滚龙（舞龙）、迎佛；清明的扫墓、踏青；端午的包粽子和赛龙舟；中秋的炊松糕、赏月；冬节（冬至）的捣麻糍；腊月的打年糕，还有四季中各种由头的社戏等。这些都叫人喜欢，山里人的生活也因为有了这些活动而更加蓬勃充实，充满希望，这里面寄托着人们的乡土情感，乡人之间的感情也因此得以维系、稳固。

过去在元宵会有龙船巡游到山里。很喜欢山里的划龙船①。站在村口的庙里翘首期盼着龙船队伍从山下缓缓游上来，以及锣鼓铙钹咚咚锵锵地响起、紧接着龙船队伍出现在远方山路的时候，真是非常快乐。而至于龙船在庙里歇下来后，唱龙船歌的人唱了些什么，都不重要了。看过五彩花纸扎成的龙船，猜完扎的都是些什么人物之后，就心满意足地去买小吃品尝，有卖灯盏糕的，卖荸荠的，卖甘蔗的，卖菜头生（一种腌萝卜）的，还有卖花生炒蚕豆炒米糖的，等等。灯盏糕的摊子只有年节和社戏时才摆出来卖，这是以萝卜丝为馅料的油炸饼，很香脆。小伙们热衷于围着卖甘蔗的玩"斩

---

① 竹子扎的彩纸船，分很多层，像乐清的非遗项目装饰龙，较重，由多人轮流来扛。温州土话"划"，意为巡游。

甘蔗"的游戏,即拿起刀从竖起的甘蔗上像砍柴那样一刀斩下去,能斩到底并把甘蔗劈成两半的,这根甘蔗就免费送给参与者。卖荸荠的把荸荠削得干干净净的,水灵灵地码在盆里。菜头生也吸引人,一个个雪白且胖的萝卜盛在红色木盆里卖,口感爽脆,甜中略带酸,算是温州名物。

前年正月我曾在山脚罗溪村的庙中遇见划龙船。本庙的龙船要迎接来"做客"的龙船,两只船碰头时要互相点头,摇晃船身打招呼。此时锣鼓声和爆竹声并起,以示欢迎。龙船歇下后,唱龙船歌的老人开始和着鼓点唱龙船歌,那音乐听来有《戏梦人生》里布袋戏的味道。别村的龙船来做客,自然要"摆酒"请客,也要敬神佛,八仙桌上供品丰富,摆了满满一桌,都装饰得非常漂亮。有的友好村庄间会摆酒席宴请对方的龙船队。这一带,以前只有平原地方的富裕村庄才有龙船,我们山乡是扎不起龙船的。那天,这只龙船后来巡游到瓯窑(有唐代瓯窑遗址)的村落,我们又遇见他们。龙船队走过一片田野,我们在田野上紧追在龙船队伍后。锣鼓喧天,前方山间有列车轰隆隆开过。于小朋友而言,这"追龙船"的经历或许会是不错的童年回忆。同年正月,罗溪旁的村子还有社戏,戏台搭在田野边,请的是市瓯剧团,我去的那晚演的是《金手钏》,小朋友很喜欢看。很愿意为她的童年增添这些色彩。

花之力

　　离东边村口几百米的地方，有个寺院叫"上庵"（大济寺）。我们随母亲去寺院吃素斋，每人交十元伙食费，十五元香火钱。菜有豆腐炒木耳、炒莴笋、炒花菜、土豆丝，还有做得格外好吃的茄子炒雪菜。寺院清静，佛堂时不时传来清澈的敲磬声。寺庙厨房门口放着些招待香客的点心零食，白象香糕、饼干、荔枝干、砂糖橘之类的。这边寺庙佛事兴旺，经常有人留下很多供品，寺里就拿出来招待香客。厨房长桌上有一瓶泡姜（本地很少），我问那穿灰袍的和尚是哪里人，他答是安徽泾县人。又问他来了多久。他说来了一个月，之前在台州。

　　"天台有名寺，为何来这样冷清僻静的地方呢？"

　　"我们出家人不讲有名不有名，只要是安静的地方就好。"

　　这回答让人觉得像是悟了道的。母亲又去殿内虔诚地跪拜、诵经。对他们而言，佛事和敬佛活动里面有花开时节的歌舞升平，刹那间世事的痛苦似乎是可以被遗忘的。我不了解宗教，然而，我想，就像我喜欢花、喜欢自然一样，宗教也许是很多人的"花"或"自然"，他们的心灵在那里得到了平静。万物同源，佛教对生命的尊重，也包含着对自然的尊重。而大自然，也许就是一部分人的信仰和宗教：和自然进行精神交流，获得快乐和心灵的恬静；从花草树木中看到无限美好、感受其内在博大的生命力，体会到某种永恒，或许也蕴含着宗教意味。当然，自然是最高的美，其中聚集着各种要素和学科，美术的、音乐的、电影的、哲学的、文学的（从自然中产生了无数诗歌）。不止一位前人表达过同一种意思：从自然里获得的不应只是自然知识，自然学习不是为了产出博物学家。格兰特·艾伦在《塞耳彭自然史》导言中也说过，科学教育不只是为了培育发明家，它努力造就的应该是完整而博通的男人和女人，我们的目标，应是把自己塑造为立体的人，使自己有圆满、协和、博大的人性。这话也让我意识到，自己对自然的知识必须要拓展得更深远一些，其间有无数奥秘值得探索，不能局限于平素的知识与自然表面的美。

离开寺院，我和小朋友去山野闲逛。"下庵"的山上有不少铁冬青，结满了娇艳的红果，紫金牛也挂着红色果实，但矮小得难以发现。近雨水节气，山道边已经有不少早春野花，山莓总是最不惧寒的，枝条上白花点点，蓬蘽也开出几朵花，花色犹如牛奶。清风藤从枯草中脱颖而出，藤蔓垂到山路边，缀满黄绿色小花，有如一缕清新的微风，山边油茶树正开着娇美的白花。田边有宝盖草、风轮菜、泽漆、野老鹳草、蛇莓等

院中桃树上的北红尾鸲雌鸟

野桃花绽放

野花。最耀眼的还是那棵野桃花，现在已经满树繁花了。只要回到这里，我每年的目光都无法从桃花上移开，它温暖纯洁，宛如鸟鸣一样清澈平静，像是有心灵，给人慰藉。连小朋友都说，好看到舍不得离开。我想这就是花的力量吧。

在村中闲逛时，看到村中哪怕是最破旧的房屋边，也总是果树花树环绕，通常有橘子、枇杷、桃、李、山茶、玉兰等，菜园中菜花灿然。有户人家种了一大棵朱栾，结满橙红的果子也没人摘，遍地烂果。有个独居老人，路过他家门外，见院边柿树嫩叶舒展，金橘开了一树，院中还有几棵桂花，自成一个世界。我所歆羡的正是每个乡民都有自己的园地，可以种果种花种菜，茶季采茶，秧季插秧，麦秋割麦，稻子熟了割稻，这一切至少有一种欣欣向荣的表象，是他们忙碌和追求的，他们甚至带着收音机在野外劳作，心情很充实的样子。有时散步走到上面的龙川村，常遇见一个养病模样的人，每次见她总是很悠然地在道上看风景，来回踱步，也不见得寂寞，精神是舒泰明朗的。在山上生活的农民，有无限广大的天地在那里，有繁多的土地上的事情等着他们忙，大多显得健朗充实。这种山一样健康的精神是从哪里来的呢？大概来自滋养他们的土地、泉水、一草一木，来自他们看不见的自然的力量，这是他们脚踩坚实的大地，生活在自然中的结果，尽管他们并不刻意关注自然。不像我在城市生活时，如果没有去野外，没有接触花草，时间消磨在家务和琐事中，就觉得自己干涸和枯萎了，这时候让人赖以生存的只有书籍。在城市的牢笼生活久了，常有"命不久矣"之感。身体也会出现各种小问题，失眠是最常见的症状。有时候睡不着，就想一想故乡的山，想象自己睡在山中老宅里，左边是墙，右边是窗户和院子，院子里有什么声音等，这样想着想着就睡着了。可见，有时候故乡的山可以治愈失眠。环境和季节一样，会影响睡眠、生活习惯、情绪，乃至思想。并且，环境和生活都能锻炼你形成较成熟的人格和对世界的判断力。而大自然会强健人的身心，带来一种超然物外的东西，以各种形式作用于生活。

居住在这里，有时连做家务都轻快些，因在广阔的天地里，择菜、洗衣、扫院子，都是能边看风景边做的，这些家务事仿佛都消散于风景中、鸟鸣中，从而变得无形了。这里的每一天都是新的。记得《一一》里，金燕玲说："我觉得每天都是一样的，感觉自己都白活了。"

嫩菜

没有什么比鲜嫩的野菜更能代表山中早春了。过了雨水节气，近三月，村庄路旁、溪边和山野上不少野菜都长势极好，鼠麴草、蕻菜、野荞麦叶、水芹、马兰头、大青嫩叶等，能一直吃到清明时节。当然还有竹笋。

在山中一个多月，吃得最多的就是竹笋。早春时节挖到的，还是藏在泥土下的黄泥冬笋，个头小而鲜美，剥开薄薄的土黄色笋壳，露出白嫩的笋肉，十分诱人。用它来做糯米笋饭，是村里人较为喜爱的吃法，笋片和芥菜、豌豆、肉丁一起炒熟，加入煮熟的糯米再炒匀，就是香喷喷的糯米笋饭了。有时用笋片红烧鮸鱼，笋和鱼互相渗透，笋片浸透鱼味，鱼块浸入了笋味。此外，黄鱼干或鳗鱼鲞与酱油肉蒸笋片、雪菜或腌卷心菜炒笋，都很下饭，那笋吃起来鲜嫩清甜。立春后至三月，春笋就开始在土下暗暗生长，三月挖到的通常就是春笋了，温州称未破土的春笋为"白茅笋"（和京都的"白子笋"叫法相似），这种竹笋尤为鲜嫩。笋离土时间越长其味越涩。在电影里看到料理人为了让客人尝到最鲜美的春之味，在竹林中搭锅生火，从竹笋离土的第一刻立即放入泉水中煮熟，以防止在运输过程中变涩，锁住新鲜。真是可爱而浪漫啊。

早春时节，鼠麴草刚抽出不久，这时采的叶子新嫩洁净，洗干净切碎略蒸几分钟，拌入面粉揉成面团，包入馅儿，做成"绵菜饼"（即清明饼，每回上山都做），垫上干净的香泡叶子或箬竹叶子，就可以上蒸笼了。刚出笼的绵菜饼颜色鲜润碧绿，锅气氤氲中显得格外美丽，散发着草香，小朋友也爱吃。葎菜，也叫野油菜，是十字花科植物，我们在村中路旁就地取材，掐较嫩的叶子炒食，仿佛有着清香的山野气息。马兰头后山也有许多，随采随吃。

最可口的是野荞麦叶子和水芹。清晨去野路墙边采下野荞麦幼嫩的新叶，洗净切碎用油稍炒一下，捞起搅拌在蛋液中，撒入少许盐，用油煎，翻面后浇入黄酒，就是香喷喷的当地美食，煮一碗楠溪江素面或粉干，把这"摊鸡蛋"当浇头，是极为新鲜健康的早餐，仿佛渗透着春天清晨的山气。水芹则饱含着季节的水润之气，长在哗哗响的小溪边，那伞形科植物鲜翠优雅的叶子和漂亮的姿态引人注目，亮闪闪，水灵灵，又娇嫩，浸满春天湿润的水气。迈过小溪采下一把，凑近闻到那略微刺激的芳香，觉得真是春天的馈赠，做成汤或炒食都非常美味。这时李花和樱桃花都开了，屋前屋后白花灿然，宛如飘着一团团明净的云雾，远东山雀在花枝间发出愉快的啼鸣。庭院里和葱一起种在缸里的洋水仙高擎着金色的花朵，伏生紫堇的淡紫色花序宛如一抹抹火苗，点亮幽暗的墙角。山野上茶树闪耀着翠绿的嫩叶，新茶季节眼看就到了。进入三月，家家户户摆着竹匾晾着刚采的青茶嫩叶，山中弥漫着茶香。

此外是大青，马鞭草科大青属植物，本地人采摘其嫩叶和虾皮同炒，是春季山家饭桌常备。它的嫩叶有点像香椿。至于味道，喜欢吃的人觉得好吃，不会吃的人，觉得那苦味难以下咽。母亲属于前者。她每年春天都要采一些大青嫩叶储存。说到采摘这种野菜，想起母亲说的一件事。今年清明时节，山里近处的大青嫩叶被人采完了，因此她和父亲只得去更深的山里去采。那山里极冷清，从前有个寺庙和一户人家，后来庙倒了，人家也搬走了，很有些年头了。她那天看到那户人家的地基还在，断壁残垣荒草丛生，寂静中，忽地听见里面有很响的水声在叮叮咚咚地流，山空且深静，更突出那水声。不知怎么的，她被吓了一跳，并感到一种说不明的悚然气氛。父亲发现那屋后有一处特别洁净的水源，有人砌了小井，用管子把水源引到井里，再用水管引回村子去（山民的用水都是如此）。回家后父亲说母亲的第六感真灵，对那地方感到害怕不是没有原因的，过去那地方传说颇多，从前有人曾看见一位女子坐在那梳头云云。我听完想，这不就是《远野物语》里的故事吗，但他们不可能读过，也许是他们在哪里听过，随口一编罢了。但我相信母亲害怕时的那种心灵感应，就像我在山中遇见的某些"神性时刻"一样，都可归于万物有灵。

这就是采野菜的魅力，采摘野菜时能接近土地，还会遇见各种事物、故事、风景，这就是采撷到了日常生活中的那些闪光时刻。比如我在采鼠麹草时，在山路上远远看到一只黄鼠狼（黄鼬），让我一阵欣喜，但很快便逃得没影儿了。这让我回忆起小时候的有趣经历，我曾用一个小石头砸向一只正在田里的黄鼠狼，后来发现它死了，或许它原本就是死的。从此后我对黄鼠狼怀有歉意，它对我而言成为特别的动物。

嫩菜，其实还包含从园中刚刚拔出来的蔬菜，我有时从菜园现拔一棵油菜，五分钟之内洗好炒了吃，觉得新鲜又对身体有益。邻居家菜地里长满鲜亮水润的蔬菜，白萝卜、白菜花、大白菜、卷心菜、菠菜。他们很慷慨地让我去拔菜，我从这家拔几棵菠菜，从那家拔来青蒜和白萝卜，把这几样饱吸阳光的菜放在竹筐里，视觉上的美丽就让人产生喜悦，无比珍贵。还有一些乡邻会送一些土鸡蛋来。我们也会回赠一些东西。不仅仅是互赠物品，村民之间还经常互相帮忙（家中大事、农事等）。乡邻之间的这种交往让人觉得很可贵，这样淳朴的交往、明快的交流，是一些城市社交活动无法与之相比的。

2021年早春（山居），2022年7月（完稿）

在蓝色时分飞翔

夏夜

去山里前,常怀念山里的夏夜,打电话跟母亲说,暑假回老家想在院子里搭帐篷露营。因为山中老宅经过了梅雨季之后,房间会充满霉味。

母亲说:"我可不敢在院子里睡,外面都是鬼叫。"

父亲说:"别听你妈乱讲,村里没有鬼。"我想果然还是父亲比较讲科学。

我接着说:"妈上次还跟我说下面古桥边的竹林里有鬼呢!"

父亲回:"竹林那里真的有,你不要去。我有天晚上看见提着红灯笼的佛鬼,是元宵后,划龙船刚结束,有一群提着红灯笼的佛童子在那里玩耍呢,见人来了,转眼就消失了。你要知道,佛鬼提红灯笼,是不用害怕的。人的鬼提绿灯笼,见了要赶快跑。"

挂了电话,觉得他们那一辈人的想象力真丰富,红灯笼和绿灯笼的说法也很有泉镜花的意境。暑假开始时,我在京中闲居读了一点泉镜花,在炎热的夏天读泉镜花,好像将双脚浸在山溪泉水中,沁凉的气息从脚心蔓延到心上。我憧憬着泉镜花式的山间夏日。书中那些神秘的鬼怪传说并非我的兴趣所在,我向往的是那些静幽幽的具有古典风情的生活:薄云下含苞待放的牵牛花、泛着月光的小河、滚着露珠的白莲花、白瓷碗里蓝紫的茄子、长满绿苔的深井、深山驿站的茶铺等,这些仿佛都渗入了我的晨梦中。

巧得很,在山中的第二天就是中元节(农历七月十五)。逢十五,清晨就见村里的人们赶早去寺庙点佛灯(烧香)。这天对我来说也没什么特别,日落时我还在野外拍摄着落日。只是有一瞬间,我忽然体会到了白昼和黑夜的分界线,即落日在远山山峰后彻底滑落、天色蓦然暗下去的一刹那,一种非常强大的蝉之合奏在那一刻响起,所有蝉声连成一体,这"声音的暮色"有如鼓乐从附近坟场黑黢黢的树林间铺天盖地压下来，好像要将人吸进去。蝉儿们似乎深晓这道分界线。夜晚如是降临，一种震慑力电流般袭来，使人飞似的跑回村子。走进村中，心下踏实起来，越过村道旁的几棵竹子间隙还能欣赏到晚霞。竹影外，山峰上的云霞火一样烧起来，将西边天空染红，渐渐地，霞光转暗，那一整片红霞转成橘红、玫瑰红、紫红、深紫，直到夜幕完全降临，天地沉入黑暗，那西边天空还隐约留有霞光淡粉色的余韵。山脚市镇闪烁着宛若繁星的点点灯影，在黑暗中益发明亮。

每晚我们都在院子里吃晚饭，长板凳短板凳摆满院子，和童年的夏天一样，就着清澈皎洁的月光和白腐乳、蒲瓜、丝瓜下饭。有一晚我踩着月光去村里的小溪上寻找萤火虫，憧憬着明月把水面照成银色，但干旱使小溪只有细细的水流，萤火虫和水中明月连影子都没有。同月色一样洁白的唯有浮现在幽暗中的葫芦花，那新绽不久的花儿显得一尘不染。九点光景，村中人大多沉沉睡去，蛙声低鸣，虫声唧唧，夜气越发清凉如水。夜空中星光闪烁，村庄沐浴在月光下，山林中传来猫头鹰（领角鸮）的鸣声，单音节的"咕"声，间隔十秒一啼，这夜晚的歌声带着山的灵气，让村庄更加寂静。这才是真正的夏夜啊。陌生又熟悉。

七月十五夜，月色朦胧，东边天空乌云浓布，满月不时藏进乌云，周遭变得很暗，那瞬间确实有一种百鬼夜行、魑魅魍魉的恐怖气氛。躺在廊檐下的帐篷中睡觉并没有小时候睡竹床安逸。有时月色太亮，只得把帘幕放下。母亲在帐篷两侧挂了佛珠。山中夏夜，我彻底失眠，有人说过，"失眠是死亡的普遍性重复"。

黎明

我到底还是睡着了。鸟声入梦，醒来发现是现实中的鸟鸣声。拂晓的暗蓝色之中，夜气转化成一股清冽的晨气，尤其新鲜清爽。一只鹊鸲雌鸟在院子上方的电线上啼鸣，它短促快速的单音节笛音持续重复着，嘹亮清脆得像在表达它的情绪。我起身拿起相机去拍它，它飞到院墙下的葫芦瓜架上去。晓暗中，宽大茂盛的葫芦叶片像荷叶似的铺满瓜架，仿佛飘在水上，那鸟儿立在早晨将谢的葫芦花前，将尾巴一翘一翘，翅膀上的那抹白羽和葫芦花之白相映成趣。村庄渐渐醒来，凌晨五点左右，村里人陆陆续续起来，山民的时钟比城市早两个小时，晚上八点多上床睡觉，凌晨五点左右起床。由于白天太阳炙烤，他们无法下地干活，所以必须赶早下地干两三个小时,下午则是四点后出门。我也跟随这种生活节奏,在凌晨和傍晚凉爽的蓝色时分,去山野中看鸟儿飞翔,那些轻盈闪亮的羽翼,会让你的心情也跟着飞翔。

五点十五分,日出前东边天空出现粉红的朝霞。争分夺秒跑到东边山顶,按冬天的习惯站在老位置等了两分钟,没看到太阳升起,才想起站错位置和记错日出方向,冬天日出在东南方向,夏天日出则在东北方向。日落也一样,冬天西南方向,夏天西北方向。赶紧往前走一段,避开树木遮挡,看到东北方向太阳已经探出了头,日出时间为五点二十七分。黎明披着金光到来了。

东边日出,西方还有淡月在空中。朝露浸湿野草,走过草丛,露水冰凉凉地打湿双脚。杂草中、竹子脚下的牵牛,以及缠绕在竹篱笆上的牵牛得到露水的滋养,开出湛蓝的花朵。尤其那绕在竹篱笆上的蓝色牵牛花,幽静美丽,如湖水般清澈。田野上,绿油油的稻秧已经长得很高了,散发着青草般的清新气息,翠霭映眼,格外温柔悦目,绿色叶片上朝露闪亮,宛如串串明珠闪烁着光芒,《诗经》里有"湛湛露斯,在彼丰草",这里是"湛湛露斯,在彼稻秧"。田头有柿子树,风吹过,啪嗒一声,一个柿子落入沟渠。芒花摇曳,忽而飞来一只斑文鸟,在那芒草上荡秋千。四声杜鹃的鸣声近在眼前的树

天蓝牵牛花，"天堂之蓝"

黎明的淡月，天空之蓝和牵牛花色很接近（拍下后会形成色差）

丛,然而不见其身影,枝叶间唯有几只白头鹎亚成鸟,鸣啭不歇。

一小块地方就是一个生境。古桥旁的竹林里传来清圆的莺啼。桥旁五月时满树繁花的小蜡树显得干枯瘦小。远处高耸的杉树尖顶上站着一只棕背伯劳,叫声时而婉转时而如猫(它能模仿很多鸟鸣),虽怪异却令人兴奋,它的一静一动都吸引着我。有过路人戴着斗笠穿过竹林古道,惊起成群珠颈斑鸠,呼呼地拍着翅膀飞到高树上去。古道石阶旁长满茂盛的鸭跖草、饭包草,开着蓝宝石般的小花,那种高纯度的蓝色,会让我想起夏天的蔚蓝色海平线,遥远、静谧、明洁。南瓜藤从田里溜下来,在路边开着橘红色的花,一只猫咪站在那大大的花儿旁。新结的南瓜色泽青青,泛着光泽,十分可爱。地里的紫茄子、红辣椒、黄花菜都十分美丽,竹架子上挂满嫩丝瓜、带豆、碧绿的刀豆。冬瓜藤蔓爬在石阶旁或荒草地上,无不结着很大的冬瓜。家乡有句俚语:"冬瓜心很好,它最少也要结一个瓜给你。"据说没有不结瓜的冬瓜藤。古道旁昏暗的树丛中有一座坟墓,墓前有一群白腰文鸟在喳喳鸣叫。山野上有人燃起烟,整理好园子为八月种冬菜做准备。

七点多回至村中,见电线杆上站满燕子,叽叽喳喳十分热闹。而白鹡鸰最喜欢站在老房的屋瓦上。邻居竹姨在院边洗衣，她跟我说："看鸟，你要到上面更高的山上去，上面才有新式的鸟。一个地方有一个地方的鸟，行禅的鸟儿不到木桥来。"我觉得她说得好极了。她虽没念过书，然而言语间富有知识，长期生活在乡村所习得的经验也是一种教育。我听她说起打死一条常年来她家偷鸡蛋吃的毒蛇的经历，绘声绘色说得跟武侠小说似的（她说迟早会是祸害，不想打也不行）。一辈子都生活在山里的女性真是强悍有力量啊，需身怀各种技能，才能生活下去。想起黑泽明电影《德尔苏·乌扎拉》（改编自《在乌苏里的莽林中》）中的德尔苏，一个森林之子，深山里的生活培养出他优秀的心灵和才智。

有天清晨走到上面的龙川村去，看到一群红嘴蓝鹊在竹颠飞翔，偶尔立在路旁石头上或电线上。竹林内有棕脸鹟莺美妙的啼声，以及另一种没听过的动听鸟音。房檐和电线上，领雀嘴鹎（领雀嘴鹎俗名青冠雀，很喜欢它身上的青绿色）的笛音在清晨特别婉转悦耳。棕颈钩嘴鹛在树丛中一声声低鸣着。强脚树莺的啼声响彻山野。

白昼

有时早晨从野外回来恰碰到邻居们摘菜回来，他们会送我一些玉米、丝瓜、南瓜、蒲瓜、黄瓜、茄子、刀豆什么的。家里一堆瓜,吃喝不愁。竹姨送来一只土鸡,另一位阿姨送来鸡蛋,四婶送来糯米粉和红糖,泽叔送了好几次丝瓜、蒲瓜、刀豆。这些算是夏天的"嫩菜"了,我心中无限感激。其实,农民的人性是很复杂的,虽说他们有山一样健康的精气神,有时候却缺乏常识。他们具有很多美德,但有的人却会违反伦理道德。山村的生活不都是纯朴干净的,也和都市一样藏污纳垢,飞短流长。他们大都好面子,盖房子、嫁娶都是面子,他们不知道对有些人而言,房子、车子、结不结婚,有没有孩子,都不算什么,都不是最重要的事。真的长久生活在他们中间,是不容易的,需要熟悉他们并与之周旋。

我们通常在七点半左右吃早饭,早饭后漫长炎热的白天开始了,于是就在屋檐下待着,可以做很多喜欢的事。院子里长满土人参,我采了几根插在可口可乐的瓶子里,别有风情。西窗下生着一丛极好的醉鱼草,一抹一抹紫色烟花似的圆锥形花序,绽放在绿丛中醒目又朴素。有一天就去采了几枝淡紫色的醉鱼草花,还有黄色的龙芽草花、菊芋以及接骨草的白花来插瓶,觉得自己富有极了(这些都是自家屋前屋后私人区域的花)。夏天村中也有不少野花,破败坍塌的老屋地基里熊耳草弥漫,开着一大片毛茸茸的接近白色的淡紫色小花,栝楼一团一团乱丝线般的白花爬在墙垣上，显得雾蒙蒙的，很梦幻。旧茅厕棚顶覆满葫芦藤。菊科植物野茼蒿（革命菜）从石缝中长出来，开着铁锈红的花儿。大青的花像同属的海州常山的花，蜂斗菜大大的叶子像南瓜叶。树影下长着一片片马兰花，远看宛如泛着光的溪流，还有一些鬼针草、龙葵。有一天父亲在屋檐下切草药，说那叫甜茶，他说以前在野外干活常常摘几片叶子嚼嚼就解渴了。我查到原来是玉叶金花，也叫甘口茶、良口茶。他的手指不小心被刀切破了，从屋后墙上采来敷伤口的"刀口药"，竟是白苞蒿。植物对山民生活的作用和价值是不容小觑的。

　　上午村路上的叫卖声接连不断，卖肉的牛角声最早，接着是卖蔬菜瓜果的，卖家具桌椅的，卖取暖的炉子的，卖豆腐豆腐干的。我们这儿豆腐和豆腐干是专卖的，那豆腐干极其软嫩美味，让我想起小学暑假去平原人家打小工刷"银纸"[1]的往事，因为一整天都要坐着手工贴银箔，心里总是期盼着吃饭时间，记得那人家有一盘肉丝炒豆腐干，好吃极了。山里叫卖的这种豆腐干常就让我想起那时的菜香。最特别的是叫卖酒缸和酒埕（酒坛子）的，卖缸的重复地喊着"卖酒缸、酒埕"。

---

[1] 把小张极薄的银箔纸贴在纸上。用在寺院佛事上。

领雀嘴鹎

蓝矶鸫雌鸟

小卡车里叠满酒缸酒坛，有人一定很疑惑，买缸做什么？做酒呀，这一带家家户户自酿黄酒。

山里虫儿也多，苍蝇白天出动，蚊子夜晚出动，因此电扇、扇子、蚊香、花露水、风油精都是必备品。一天里最热的时辰，我们坐在有穿堂风的门口，时有凉爽的山风一阵一阵吹来。蝉声响得真可以穿透岩石。天空布满巨大棉花糖似的云团。午后，我把水盆放置在老宅后生有薄青苔的阴凉处，让冰凉清澈的山泉水直接流进水盆中，水花溅湿青苔，碧绿的西瓜浸入泉水中。有时在水盆中浸泡黄桃（或哈密瓜）。西瓜和黄桃浸泡在晶莹的清泉中，看上去实在清凉悦目。那种黄桃产自楠溪江深山，美味得让人打心眼里喜欢夏天。浸西瓜的当儿，还有薄羽的蓝蜻蜓（异色灰蜻）、红蜻蜓落在墙壁的草叶上。

有人从后山下来讨水喝，说是街道上来安装公益广告牌的，我让他们喝足茶水，并赠送了矿泉水。三四点，切西瓜吃，大西瓜，大人小孩吃不完，叫来竹姨、姨婆一起吃，说说笑笑就到了五点钟。我该去野外了。

日暮

傍晚的时候远东山雀特别喧闹，村路旁的竹子上、垂挂野桃子的桃树上、电线杆上，处处都有它们的身影。山谷的梯田上方有蓝矶鸫（雌鸟）在飞翔，青翠的稻田和可爱的鸟儿让黄昏变得极其迷人。有一个傍晚我在人家的屋脊上拍到一只蓝矶鸫雌鸟，只有两三米的距离，那灰色的鸟儿胸上有鳞状纹，像涟漪似的，样子十分可爱。它在那老房子上待了很久，显得气定神闲。有雌鸟想必就有雄鸟吧，其后几个黄昏我寻找着蓝矶鸫雄鸟的身影，最后还是没见到。每认识一种新的鸟儿或植物，都令人深感喜悦，让人觉得自身仿佛获得了一次更新，自我抵达一个新高度，这正是生命过程的有趣之处。这爱好和读书、观影一样，并不存在高下之分。自然界中的一切也没有高低之分。人不应以自己的价值标准去评判自然界。我想怀着谦卑之心。

有天黄昏我在路边采野荞麦时遇见下屋的老奶奶。她说她家屋后有一大丛，之后带我去她家，帮我采了一大把。我则帮她采了高处的黄花菜。她的小菜园在屋后的矮墙上方，墙上生着一丛白花紫茉莉，正盛开着洁白的小花，在薄暮中显得明亮又清凉。园子里还种有韭菜。

奶奶说："下次你要是炖猪蹄，就来挖这一棵（指紫茉莉）的根一起炖！"

"韭菜也吃不完，你割一些去吧。"

"奶奶，我今天先吃这些野菜，韭菜明天来割吧！"

隔天黄昏我真去找奶奶割韭菜。她拿了镰刀亲自割韭菜给我，我忽然觉得那情景特别动人，给她拍照，她割到半途发现后说："戴着草帽很难看咧！"说着就咻的一下摘掉草帽，丢到了地上。旧时代过来的奶奶真是纯朴可爱的人啊。

那天的云也好看极了，日落之前天空铺满樱花粉的云团，晚风极凉。卖日用品的车子趁着傍晚的凉意来做生意，听见那货郎说："山上真凉爽，空气太好了，我要是晚上有地方睡就不走了！"说话之间，牛羊正归家，他拉着车子给那群牛羊让路。

有天傍晚我走到上面更高的山中去，山间竹丛中有一座孤零零的山庙（春天时曾和小孩去这庙里讨吃的）。山路上夏草繁茂，石阶边生着一种蝴蝶草，开着朦胧的淡紫色小花，像被尘世遗忘在这儿。竹林中松鼠飞蹿，有很多红嘴蓝鹊。伯劳远远地站在电线上发出喜鹊似的尖锐叫声。到达山庙时，见庙门因疫情封闭了，山间寂无一人，山风寒凉，风吹进刚刚出汗的毛孔，使人打了个寒噤。远山渐趋昏暗，白天正在离去。这高山间向来有很多恐怖传闻，去年下方山腰公路上还出过车祸，司机当时就没了。于是我不多作停留，急急忙忙走下山去，山路草丛中偶尔窸窸窣窣的，我都担心是蛇（有天早晨我在一古道上见到一条蛇蜿蜒地游到草丛去)。暮色降临，蝉声合奏再次响彻山间，远山沉入清虚的深蓝色之中，山路旁的森林黑沉沉的，我一边走一边想起《高野圣僧》中的水蛭森林、蛇与深山魔女，心中耸然。走到去年车祸的地方，我开始飞速奔跑，又害怕又快乐，我知道，这样的飞翔时刻和自由的天地，回到京城就不会再有了。哥哥曾笑我太喜欢老家，说那村子就是宇宙中心。没错，地球这么大，有时候只需要这一小块土地就觉得广阔而自由。如西尔万·泰松所言："太多环球旅行毫无意义。为什么花费一生追逐？这些快步舞有何收益？一些记忆，还有许多尘土。旅人费尽精力，耗散精神，然后气喘吁吁地回来，喃喃地说，'我是自由的'，跳上另一架飞机。"

暑假快结束时，我回到京城，八月下旬的风清凉如山风，珠颈斑鸠远远鸣叫着，各种牵牛花如朝露般四处绽放，我在秋风、牵牛花、斑鸠声、白腐乳（特意买了同款腐乳）中找到了京城和故乡的某种连接和相通之处。这让我意识到，无论我脚踩哪一块土地，都要认真去了解和喜欢那一个地方。此处与彼处的生命和时间都同样可贵。放开对某一地方和旅行的执念，或许才更自由。

2022年8月

古都七日

百合花摇曳

青青嫩叶间

对奈良的最初印象，来自河濑直美的电影。在《沙罗双树》《狛》《殡之森》《朱花之月》等片子中都可见美丽的奈良。《萌之朱雀》中西吉野山的小村与故乡山村何其相似，还保有农业社会生活的温馨：早晨的农家厨房煮着热腾腾的汤，一家人对着门外的山景默默吃饭；卖鱼的车子来村子里叫卖，村民围着车子抢购；孩子们成群爬上一棵树；劳作之余去扫墓，之后在山中野餐，蝉鸣声中，远处传来悠然的寺院钟声。松尾芭蕉写吉野山："独入吉野深处，山深峰陡，云遮雾障，烟云蔽谷，樵夫小屋，随处可见。西边伐木，东边回响，各寺钟声悠扬，荡漾心底。"他将此山比作唐土之庐山。

从大阪难波站坐车去奈良，花一个多小时，坐的是普通的慢车。谷崎润一郎写过每年桃花盛开之际，他喜欢坐着普通列车去奈良，并特意强调，一定要坐每站都停的慢车，坐快车就没意思了。"火车晃悠悠地前行，你可以隔窗远眺，春霞烂漫的原野，树林、山岗、田畦、林荫、堂塔，武陵桃花源的景色尽收眼底。"

现在虽不是桃花盛开的春天，但离立春只有一周左右，天气晴爽时，关西的气候接近初春，大阪的风中已有春天的气息，并带着一丝海的气味。暖阳下，寒樱花绽放，小寺院的观音像静静立在花下。寒樱粉色花朵带着一种在冷天受冻后的紫红色，看上去远没有春樱柔和绚烂，但在枯寂的冬末忽地出现于街角，让人眼前一亮。在这个特殊的春节[1]，我们离开北京，在大阪天王寺，感动于日本清澈洁净的空气，湛蓝的天空下飘浮着鱼肚色的云，成群的鸽子从古寺的屋顶飞出去，寺内钟声不断敲荡。这些都洗涤着人们，尤其是中国来的游人，能在悠悠钟声里得到安慰吧。在那样的时刻，遥望被疫情笼罩的我国，忽然体会到一点过去那些著名游子的心情。

去往奈良的车窗外，一路农田阡陌风光怡人，隔一段田地

---

[1] 2020年初武汉发现新冠疫情，当时国内其他城市还没有病例。

就出现一个市镇，道旁人家门户整洁有序，庭院多种松树、南天竹、梅花、柑橘类等，柑橘类的青荫中果实累累，有一户庭院种着粉色的梅花与白梅，两树都满树繁花，十分温柔，是令人向往的和平景象。有的房屋门庭古色古香，给人一种庭院幽深之感，都是令人羡慕的住宅。

奈良公园、春日野一带却完全不是想象中那般幽静美丽，甚至略微失望。奈良公园土上几无下脚之地，遍地鹿粪，当然也绝无好气味。观光客挤挤挨挨地给鹿喂食，不小心掉在地上的鹿饼，再捡起来喂给它们，它们就拒绝去吃，能如此娴熟地辨别食物优劣，实在是聪明可爱，更别说能成群地过斑马线。比起过斑马线的鹿，更喜欢在春日野树林中涉水过小溪的鹿，那是鹿天然的样子。东大寺游客亦多，正中间挂着"大华严寺"匾额的南大门极其古朴宏伟，进入大门，远远地，围绕着金堂的一带游廊和松影倒映在镜池中尤为好看，镜池周围有鹿在青苔上悠闲散步，有人在水边画寺院与松树。我们只在周围绕了一圈，并没有进金堂参观，就急匆匆地打车去郊外的唐招提寺，因为离寺院关门的四点半只有一小时了。

吉村公三郎的电影《夜之河》，以及电影《时雨之记》里都有唐招提寺的画面，古寺寂静优美。《夜之河》是关于京都独立女性的故事，山本富士子饰演的女主是一家染坊老板，把比叡山当作自己的爱人，她将比叡山的晚霞、京都的柳树都染在布上。电影尽现京都风物之美和时代之美，以及独立女性的美好，看完感觉像是将人里里外外都冲洗了一遍。《时雨之记》中有关唐招提寺出现五个镜头，依次掠过南大门的木制寺额、金堂、金堂的大圆柱、卢舍那佛坐像、礼堂和东堂中间的小走廊（以讲堂为背景），按照此路线，我一一拍摄照片。

南大门悬挂的木制敕额古朴美丽，电影镜头中的这块寺额木头颜色比实际看到的要深很多。进入大门，映入眼帘的就是宏伟的金堂，以及装饰在金堂屋顶左右两侧的鸱尾。穿过铺着白沙的甬道，到达金堂，正殿前檐的敞廊立着八根巨大沉稳的圆柱。从侧面观看，这八根圆柱列成一排，更加雄伟了，圆柱的下端三分之一部分，可能长年遭受风吹雨打，也可能经常被游人之手触摸，形成一种"手泽"（《阴翳礼赞》中有写过"手泽"之意），使这部分柱子变得光滑而明亮，呈浅茶色，与柱子上部古老暗沉的褐色形成鲜明的对比。正如一些深色家具经过长年使用和摩擦，沾染了岁月和人的气息，变得古色古香，于温润暗沉中散发光泽，有一种深沉和安宁之感，这些大柱子就散发这种宁静的油一般的光泽。因为喜欢这些圆柱，找到电影中的视角，对着圆柱不停拍摄。在我的后方，正立着一枚会津八一的歌碑，上书（原文为日语）："大寺院的圆柱，将月影踩在地面上。"诗碑的不远处，一株老山茶树闪耀着一树红色花朵。不远处是清静的戒坛，戒坛东侧有一条土路伸向北边幽暗的树林，寂静纯澈之感一下子袭上心来。来日本大阪两日，没有哪个地方能像唐招提寺，一下子将人带入清醇之境，让人暂且忘记现实之痛。

金堂内，主尊卢舍那佛坐像，散发着慈悲的光辉，也在《时雨之记》中出现过。卢舍那佛左侧是千手观音立像，千手观音的千手托有不同的物品，展现救济众生的力量。右侧则是药师如来立像。药师如来是治愈人们疾病的佛，我合掌拜了拜，心中祈祷瘟疫快快退散。从金堂到鼓楼，再到鼓楼右侧的礼堂，很容易找到连接礼堂和东堂之间的过道走廊，电影《时雨之记》里，吉永小百合和男主角坐在此清凉的走廊里休息，他们背对着讲堂，吉永小百合说："真清静，令人神清气定。"站在北边略高处看东堂和礼堂一带延展成长屋似的古建筑，很是古雅美丽。

北边是供奉鉴真和尚塑像的开山堂。鉴真和尚东渡日本五次失败，第六次才成功，历尽艰辛，致双目失明。唐招提寺为鉴真抵日三年离开东大寺后修建。松尾芭蕉在唐招提寺参拜失明的鉴真像后写的俳句，现开山堂旁也刻有句碑："采

唐招提寺南大门

撷一片叶,揩拭尊师泪。"还有译作:"愿以青青叶,拂尔泪盈盈。"没来这儿之前,这句子令我对唐招提寺的春天产生一种想象与憧憬,觉得那一定是掩映在群树青青嫩叶间的寺院。

附近还有北原白秋的歌碑。开山堂北边,隔着一条土路,就是御影堂,正在修缮,没有开放。御影堂的隔扇画与壁画均为东山魁夷画作。土路一直往东,在寺院的东北一角是幽静的墓园,鉴真和尚长眠于此。沿着土路,是御影堂和墓园御庙外围长长的土墙,十分古拙朴素。土路坑坑洼洼的,路上还有积水,土墙边种着些杜鹃等灌木,这一带真是寂静无人,引人遐想。通向墓园的小路往北走,两旁都是高大树木,树林的地上布满浅绿的青苔,这片地方只有我一个游人,幽暗的林间回荡着某种鸟尖厉的鸣声,墓前不远处洗手池的流水发出咕嘟咕嘟声,在日暮里,这一切都庄严而宁静。

家人还在南门等我,跑到南门时,时间已经过了四点半,工作人员预备关闭寺院。南大门本身也极其古朴美丽,有四根圆柱,门前的路也整洁安静,路边种着几丛水仙花,我蹲在水仙花边回望南门,依依不舍地拍下水仙花和南大门。唐招提寺让我想起博尔赫斯说的,在日本始终能感觉到守护神一般的中国的阴影。

拐上通往药师寺的那条乡间小道,天光开始渐渐暗下来，这条小路两旁有美丽的民居和店铺，远处还有广阔的田野，我们没时间细看。我想在五点关门之前站在药师寺山门往里遥望一下药师寺金堂，然而当我们跑到药师寺前，大门已经关闭。望着围墙内高耸的东西二塔，感到很遗憾。《宗方姐妹》里出现过两次药师寺，田中绢代在电影中游览过两次，一次和高峰秀子同游，一次和上原谦同游，两次都曾坐在台阶上休息。和高峰秀子同游时，感叹寺庙环境真好，心情也平静多了。她们还谈到月光菩萨。她们在游览结束后，田中绢代提议去唐招提寺。

  寺院侧面有一扇矮小的木门还没落锁，需低头才能钻进去，里面是一条石板路，两侧为石墙，石墙边种着梅花，正稀疏地开着皎洁的白花。我正在拍摄一枝白梅时，工作人员来锁门。钻出小门，我心想："日暮，白梅花绽放的药师寺啊，没能拜访。"

2020年1月底

在岚山

市川昆的电影《细雪》（1983年版），第一个镜头就是樱花盛开在一片新绿中的雨中岚山。随后，是以岚山和一团团云霞般的樱花为背景的渡月桥，雨中，三三两两的游人举着粉色或深红色的雨伞，打渡月桥走过，伴随着雨声、清脆的鹭鸟鸣声、大堰川的水流声。这个仅三十秒的开场，可以说是瞬间即永恒。雨中樱花，滴水的樱花，清润的新绿，夹杂着云雾般樱花的松林，游人雨伞的颜色，桥体的颜色，等等，令人百看不厌。

我们从岚山站步行到渡月桥花了很长时间。先在天龙寺随意闲逛了一会儿，在商业街上也花了不少时间，女儿一会儿要买纪念品啦一会儿要买蕨饼吃。我初到京都，对什么都感到新鲜，在瓷器店对着那些杯碗花器都要看很久，站在豆浆店窗口呆看伙计熟练地从锅里捞起豆浆表面薄薄的一层豆皮，觉得那真是出神入化的技术（乡下人进城）。走到大堰川边已十二点多。冬末枯寂的岚山和渡月桥，没有了新绿和樱花的点缀，看起来寂寞多了，虽没有电影中那么花团锦簇和富有湿气，但风景依然辽阔，令人舒畅。京都的云总是很好看，往南遥望大堰川两岸，蓝天下非常广阔。在渡月桥畔的松树下停留了很久，又在桥上看了许久的鹭鸟，走到中之岛附近，看到渡月亭，觉得像电影《细雪》中能看到岚山樱花的旅馆。沿着大堰川岸边向山里走，景色荒凉，家人转头回去了。

经过渡月亭对面的"花筏"温泉旅店，打听到有午饭，便进去了。点了花筏套餐、汤豆腐套餐、儿童套餐。日本菜的确是视觉上的料理，雅致清洁。先端来的是汤豆腐，煮豆腐的器具是炉子和砂锅，不同于中村登版《古都》里出现的四方木制器具，搭配的也有鲣鱼花和葱。川端原著中写千重子做汤豆腐给父亲吃，父亲听见她在厨房切葱、刮鲣鱼的声音。用网勺在砂锅里盛一勺豆腐，撒上柴鱼花和葱，豆腐吃起来和国内的内酯豆腐似乎区别不大，家人说过于寡淡，我倒不是因为寡淡，而是口感上并无惊艳之处。我从小就吃惯少油少盐不加辣椒的清淡食物，所以对京都的料理很适应，在味道上和家乡的食物很接近，另外京都的气候和湿度于我而言可谓如鱼得水，非常舒适，简直像浙南沿海家乡。在京都的饭店吃饭，唯一的不足是蔬菜太少，平日在家吃饭一顿有好几种蔬菜，在这儿，只好每天从便利店买来沙拉，在酒店房间吃早餐时补充一些蔬菜，我甚至从超市买来一只西兰花，洗干净用滚开水烫熟，用酱油拌着吃。总之北大路鲁山人所说的只要本身好吃，即使直接在生豆腐上浇酱油也会非常美味的豆腐，我们没有遇到。"花筏"的餐室、客室环境都非常好，蓝色花瓶里插着盛开的樱花枝，春意盎然。

从渡月桥慢慢走到天龙寺后面的竹林，向嵯峨野方向散步。那片竹林小道的游客实在太多了。可能是因为游客喧闹还是别的缘故，同样的孟宗竹（毛竹），这片竹林的气质和家乡山中或杭州云栖的竹子不太一样，没有那种望之令人沉静的山野气息，更多的是都市的烟尘气。按道理说，京都是一个乡野感很浓厚的城市，但此时这片竹林却没什么情味，也有点儿像舞台布景。过竹林走一段，便到了向井去来的落柿舍。落柿舍周围环境很幽静，古朴的小庭院里，这时节开着洁白的马醉木，当然还有柿子树，芭蕉的"五月雨脉脉……"句碑下的青苔上落满椿花（山茶）。一只山斑鸠停在附近的电线上，发出呼噜呼噜的声音，山斑鸠让我想到杜鹃，在落柿舍自然会想起芭蕉的名句："即使在京都，听见杜鹃鸣叫，我想念京都。"参观途中忽然下起雨，坐在落柿舍屋檐下躲了一会儿雨。雨渐歇时，我们冒着细雨去了常寂光寺。

因为懒得看各种旅游攻略，来岚山，也是照着地图随意游走。因此插一段题外话，之前在大阪也是没做攻略，有天漫无目的地从大阪坐慢车去和歌山，午后一点才到，在和歌山车站外吃了午饭，买了咖啡，坐着红色的小火车去了一个海边渔村——加太。车里很空旷，沿途能看见海，加太小车站的上空盘旋着一种海鸟，叫声凄厉。在村里走街串巷七拐八拐终于到了海边，风又大又冷，只看了一会儿冬天的海就回去了。回车站途中经过一座小寺庙和墓园时，黄昏已逼近，日暮他乡却并没有旅愁，因为愉快的旅行通常是充实心情的。但已饥肠辘辘。路旁有一家大约是这个村子里唯一的小饭馆，是家庭式的，墙上挂着家庭相片、奖状、菜单、过去的演歌歌手海报，非常温馨，像《寅次郎的故事》里遥远的旅店，饭菜有点可疑的样子，并不美味，但老板夫妇非常亲切。厕所极吓人，抽水马桶没有底，是个无底黑洞，黑而深，几乎不见底——他们竟然把抽水马桶架在土坑上，而且这个坑不知道通向哪里。虽然从小在农村长大，见惯土厕，但看到这种厕所还是被结结实实地吓了一大跳。

常寂光寺在电影《时雨之记》里出现过两次。片子里吉永小百合演一位插花师，喜欢藤原定家和西行，她的藏书有藤原定家的《明月记》，还有西行的《山家集》。她和男主角谈论和歌，引用了藤原定家的一句："春夜不见梦浮桥，横云别峰已知晓。"男主角则写下西行的句子："道间青枝横，寻来花不见。"之后，他们一起去嵯峨小仓山参观常寂光寺（日莲宗寺院），拜访了藤原定家的山庄"时雨亭"迹……这片子故事虽然一般，但京都、奈良、镰仓等地的风物都拍得极有情致，住宅、庭院、家居、瓷器，及生活质感都呈现昭和气息。久石让的配乐也非常动听，他们去常寂光寺看红叶，在舒缓的音乐声中，随着人物的步伐，画面依次展现常寂光寺的山门、山门通往王仁门的石板小道、王仁门内长长的石阶，最后登上展望台，在多宝塔附近俯瞰京都，一气呵成。和电影中一样，寺中游客很少。我也循着电影里的拍摄角度，把出现过的景点拍下来。只是在展望台附近，我居然忘记去寻找藤原定家的"时雨亭"迹。

苍苔上阶绿，一只黑猫在阶上闲步。寺院中蜡梅正开放，空气潮润而带有香气，白山茶花摇曳在青苔上，苔的绿色富有春意，连枯寂的整体环境都被晕染出绿意。本堂后水池上方的坡上，杜鹃已盛开数朵，粉色的花瓣贮着雨滴。轻快的鸟声从山边竹林传来。山中竹林清新幽寂。寺中很多槭树，可以想象新绿时节和红叶时的美丽。和辻哲郎也写过京都的新叶和红叶。沟口健二的电影《阿游小姐》，谷崎原著《刈芦》，是发生在大阪的故事，电影拍摄的地点似乎是在东京，却很有京都气质，有很多迷人的新绿画面，春天庭院中的嫩叶，水岸边的嫩叶，竹林旁的嫩叶，还有古庭院里大朵的牡丹……电影把每一次出游都拍得幽雅美丽，人间令人无限流连。春游、游宴、春宵、赏月、夜饮，他们在片子中极尽生活之享受。不过女主角田中绢代与原著中的形象相去甚远。从常寂光寺出来，已经到了各寺院关门的时间，附近的祇王寺、厌离庵，还有濑户内寂听的寂庵，我们都没有参观。路过大河内山庄，拍下了门口的蜡梅与山茶的插花，少女时期的高峰秀子曾游览过此山庄。

2020年1月

古寺掠影

银阁寺

到达银阁寺时,下起了雨。在入口附近的圆通殿廊下躲雨,透过竹林的间隙,能看到雨中的银阁(观音殿)。这是富有魅力的建筑,整体色调优美朴素,高高的攒尖顶,旧茅草色的桧皮葺屋顶,贴着白纸的火焰窗,深褐色的木檐廊……这样古色古香的建筑,在雨中显得更有韵致。

数分钟后,雨细如丝,变成了太阳雨。阳光越过树枝落在银阁周围林间的青苔上,细细的雨丝同时滴落青苔,实在美妙。被雨滴濡湿的青苔像精美的绸缎般铺展到树林深处,

银阁寺的青苔

本身浓淡不一的苔绿色，在或明或暗的光影下，变换出不同的色彩，这幽邃又多彩的景象，真叫人看不够。"绸缎"上栽有花树或落花当然更好，红色山茶树优美的花枝，横在一片绿苔之上，这一情形恰巧被我捕捉到了。杜鹃的灌木被修剪得圆滚滚的，出现在某一角；某一种细细的苔藓，绒毛似的高出其他青苔，非常可爱。通往展望台的坡道旁、山坡上、古树下、水涧边，无不遍布青苔，银阁寺青苔的荫翳之美与其传递的静谧，出乎意料。不过，此季游客稀少，也是一个重要原因。

从月待山上观望银阁寺，在一片苍翠松林的掩映下，望之愈发古老了。更远的地方，是与古建筑协调的京都民居，远山呈现出深邃的暗蓝色或暗绿。目光移回庭园内，银阁边上的向月台与本堂前的银沙滩，在阳光下显得洁白耀目。

从布满青苔的林间下山，池边的石头旁，种着结满红果的朱砂根，在日本庭院中，这和南天竹一样常见。通往银沙滩的石桥边，有一丛红色杜鹃，已经开出细小的零星的花朵，令待春之心雀跃不已。尽管京都此时（立春前）的气候已极像春天。来到东求堂前，见水光在屋檐下不停摇晃，望之入神。银阁寺为室町时代将军足利义政所建山庄，东求堂内的同仁斋为义政点茶待客之处，在这里诞生了茶道、花道、香道、能乐等。望着这些雅致幽静的庭院，联想起古人拖着长长的华丽衣服沙沙地走在檐廊上的情景，感到他们悠闲而有情调地活过。每次在日本电影里看到能剧表演，虽然听不懂他们具体唱什么，但他们的舞台布置高雅纯朴（有的以真松树为背景，台前点着明火），舞台有着洁净光滑的地板，演员衣着华美整洁，心情十分从容闲适的样子。此外伴唱者、演奏者也都悠然自在，就连观众都是衣裳洁净或盛装出席，表情静穆愉悦，一切都达到了人在娱乐时的最佳状态，让人看到生命的乐趣和享受，觉得人生的滋味不全然是悲苦的。

拐出银阁寺参道便是有名的"哲学之道"。我们在附近一家叫"银福"的近于家庭料理的店里吃了午饭。这家店从后门掀开帘子进入，一个婆婆接待我们上楼，然后，由一个中年女子点菜、上菜。餐室一间，榻榻米上只有四张矮桌。跪在窗边，东山就在眼前。

法然院、南禅寺

沿着"哲学之道"散步去法然院，疏水道两旁的民居古朴悦目，民居土路旁，水边种了很多南天竹、山茶或茶梅，深深浅浅的红色茶梅花瓣落满树下的河岸，像放完鞭炮的碎屑似的，把河岸染成红色，花瓣被风吹入水中，在水流中缓缓漂远。顺便一提，在日本，茶梅是叫作山茶花的，山茶则是椿。

过一道石桥，听见桥旁竹林风声响动，几只鸟儿在竹枝发出高亢悦耳的鸣叫。走上缓坡，便看到法然院山门。周遭给人一种昏暗的感觉。浓荫蔽日且古老的佛门净地（净土宗寺院），容易给人这种感觉吧。古朴的山门包围在一片绿意之中，给人以庄严的美感，有着如梦如幻般的幽静。我有收集寺院山门的爱好，每去一个寺院总是要拍下山门，现在，可以说，我看到了最为喜爱的山门。东山不是深山，但法然院的山门却有一种深山才有的岑寂之感。

迈入山门，庭院内的白沙堆映入眼帘，据说他们会依季节在这沙堆上画花叶，然而此季的白沙堆只是斜斜地画了一些我不明所以的线条。庭院内到处是随意又极为幽静的风景，一棵倒下的树横在水池上；绿色的静水中一块布满青苔的石头；忽而细雨，古旧的佛殿前点缀着草珊瑚苍翠的植株和可爱的红果；还有苍古的佛塔，垂垂坠坠的侘助山茶，无不令人眷恋。

出山门不远便是法然院的墓园。谷崎润一郎的墓地就在此处。《疯癫老人日记》里有写飒子陪公公去法然院看墓地：

"寺院内十分幽静。我以前也曾数次拄着拐杖来过，没想到在大城市中还有如此静谧的去处，令人吃惊。仅仅这优雅宁静的景观，东京简直无法与之相提并论。"同名影片拍于1962年，由若尾文子演飒子，电影里的京都风景拍得极美。因为时间仓促，我并没有去寻找谷崎之墓。穿过墓园，出入口种着的两株梅花，姿态都古拙苍劲，一树为白梅，另一树则开着美妙的淡粉色梅花。那株淡粉色的梅花像吸收了什么精魂似的，开得极为美丽娇艳，却又闲寂优雅，宛若烟雾般缥缈的幽香时有时无，带着一种不是这世上之花的神秘气息。这简直就是谷崎润一郎的梅花呀。

我们离开法然院，走了很长的路到达南禅寺。路途有很多小寺院，都过而不入，这一路上的豪宅庭院都别致风流，街巷人家无不风景绝佳。据说这一带是京都的豪宅区。南禅寺边上有间中学在上课，以灌木为隔篱，行人能听见教室里传出的琅琅之声。看过寺内的水路阁、南禅院，从正门出，大门巍峨雄丽，六根巨大的圆柱对着三门，一为空门：一切皆虚妄。一为无相门：从各种执着中解脱出来。一为愿门：放下欲念。比起南禅院的庭园，更喜欢这座雄伟的正门。走到正门前的街上，发现刚才路过的学校已经放学，穿着制服的男孩们三三两两走在路上，不远处是有着白围墙的小寺院，青松和白梅花

法然院墓园的淡粉色梅花

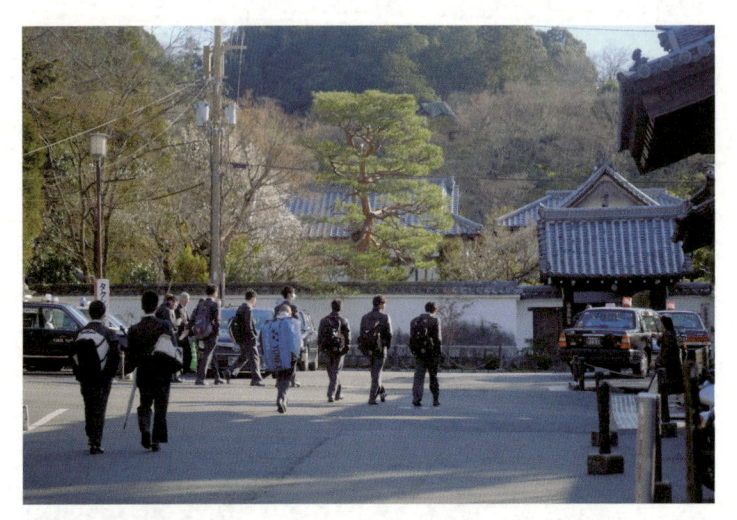

南禅寺外的街道

祇园的晚霞

探出墙头。几辆出租车停在围墙下等候生意，擦得一尘不染的车玻璃和洁净的黑色车身，有一种科技与文化相结合的高级感，我拍下汽车与男孩子们，像是枝裕和的电影画面。游览寺院之外，也喜欢看这些当地的生活日常。

神苑、祇园

中村登的电影《古都》（1963年版），很大程度上展现了川端康成原著《古都》中描绘的京都景致与风物之美。故事主线基本按照小说情节推进，小说开篇"春花"有两页着墨紫花地丁，电影也有几个紫花地丁（可能是早开堇菜）的镜头，之后是平安神宫神苑的赏樱、清水寺观晚霞、嵯峨尼姑庵内父女吃汤豆腐、参观念佛寺等。还原的细节亦生动，如杉林的翠绿、和服腰带上的北山杉图案，连某次千重子归家遇见卖花的白川女也还原了。民俗方面展现了祇园节（有彩车游行）、时代节（仪仗队表演等，原著中有大段描写），场面盛大隆重。但其他两个电影版本开篇都未提及神苑，无论是演员、场景、细节、民俗方面与1963年岩下志麻主演的版本差距较大。尽管1980年版中，山口百惠非常美丽，母亲的演员是岸惠子也特别适合，但这一版的开篇场景，并非是原著中的神苑，好像非常随意地在鸭川边拍的，人物和情节也有所增添，有点像电视剧。2005版的《古都》开篇则是渡月桥，千重子（上户彩）和真一的赏花，甚至不是赏花，而是在旅游景点随意走走。

　　下午四点我们到达时下起了小雨。应天门和大极殿色彩明艳，优雅气派，殿前的垂樱这个季节还是枯枝。进入花园，南神苑里正开着几株梅花。虽处于繁华的闹市，却是一进花园，就能感觉到清静的地方，到处是树木的清气、梅花的幽香、流水的声音。走过那条昏暗的林荫小道，就到了中神苑的水池边，这时雨已停了，水池上排列着一堆圆圆的"石墩"（卧龙桥），在《古都》原著和电影里都有关于"石墩"的片段。电影中，中村登还特意给了好几个特写画面。这个时节，没有樱花倒映在水中，除了松树，还有岸边的梅花和小石塔倒映在池水中，稍微有了点春天的味道。原著和电影中，中神苑石墩之后的画面就是桥殿（泰平阁）了，但其实这两者之间，即从中神苑走到东神苑，需要走一段水岸边的路，这也是我最喜欢的一段路，转弯后池水和风景忽然变得开阔，右边水上有古雅的尚美阁，正前方水上一带廊桥（桥殿）倒映在绿色池水中，远处是青色山峦，景色优美清幽。

水岸边栽了一排枝垂樱，垂垂树枝被精心地架在竹架上。在电影《细雪》中见过这几棵垂樱粉花蹁跹、繁花压枝的盛况，电影中那几团粉色的花霞略带紫色，倒映在水中的样子，还有几分像紫藤。日本庭园中的花木都被照顾得很好，花开的时候格外绚烂美丽，仿佛是努力开放成这样，以报答庭师们的栽培养护。让人想到吴永刚电影《秋翁遇仙记》（改编自明代冯梦龙小说）里能使落花返枝的牡丹仙子。

小说《细雪》费了不少笔墨来写神苑的樱花。"在今天，除了神苑的樱花而外，确实没有其他地方的樱花足以代表京洛的春天了。"①书中也写到卧龙桥和栖凤池岸边的那一排樱花，还写到桥殿与尚美阁，并写到桥殿附近的斋宫（可以举行神前婚礼的地方）。

我们走到桥殿的时候，也看到斋宫门口写着"结婚会场入口"字样，斋宫看起来像个高级餐厅，擦得明晃晃的玻璃窗内点着橘黄的灯光，从幽暗的室内传出缕缕温暖的气息。桥殿上有人坐着休息，这也是千重子坐下休息过的桥殿。没记错的话，《刺客聂隐娘》中也有在桥殿拍摄的画面。桥殿尽头就是神苑出口，站在出口回望，多么希望能够在某个春天一睹

---

①《古都》中也有此句，可能后出版的《古都》有参考《细雪》。

神苑风采。

离开神苑，我们在晚霞满天时分来到了祇园。但祇园并不是我想象中的祇园，也不是沟口健二电影《祇园歌女》中的样子：空寂的巷道内，有白川女叫卖着鲜花、茶叶和蟋蟀，少女若尾文子从街巷走过。沟口电影中的街巷也正是上村松园笔下旧时京都的街巷。九鬼周造最喜欢祇园的垂樱："我还没有见过比京都祇园名樱——枝垂樱更美的树，最近这些年来，只要一到春季，我都会前去欣赏，越看越觉得其中蕴藏着无限美好。"九鬼周造所说的大概是位于圆山公园的垂樱吧。这一带非常热闹。尤其八坂神社，可谓摩肩接踵，尽管神社路边的摊贩们正在收摊，我们抓住最后的机会买了鲷鱼烧。门口的建筑挂满写着名字的献灯灯笼，衬着满天晚霞，很有节日气氛。京都的晚霞的确很壮丽啊，也因为在祇园欣赏，更是弥漫着一种旧日风情。

不同的建筑内供着不同的神灵。在日暮的寂静中，幽暗角落忽然出现一棵发白的梅花，偶尔有一两个祈求的人把硬币投入香油钱箱内，发了零当啷声和拍手的声音。为什么人们在祈祷之前要拍三次手呢？我在小泉八云的文章里找到了解答："三次表示三才，天地人三才。拍手只不过表示从长夜之梦中醒来。佛说，一切众生在飞速而过的今生里受苦受难，他的一生只不过是一场幻梦。拍手意味着在祈祷中灵魂从这样的幻梦里觉醒过来。"

2020年2月初

注：平安神宫不是寺院，和祇园的内容严格说都不能放入《古寺掠影》里，但恰巧是同一日行程，诸多因素不能独立成篇，只能勉强如此。

东山日记

清水寺、高台寺

  菅原孝标女在《更级日记》里写的东山，令人神往："四月末，恰有合适事宜迁居东山。道中所见田地，有的灌水育苗，有的插秧，田畴青青，春意盎然。放眼望去，群山树木茂密阴郁……杜鹃在山谷之树梢上清丽鸣唱，沁人心脾。"这是古代的东山一带。她多次写到在清水寺参拜住宿，曾梦到自己的前世与清水寺有关。
  为了避开清水寺的参观人潮，我一大早独自前往。著名的清水大舞台正在维修，建筑显得凌乱。这里正是电影《晚春》

中笠智众说"京都很漂亮，生活质量很高"的地方，笠智众后面接着说，"记得上次来清水寺，胡枝子很壮观"。本堂大殿点着灯笼，温柔的灯光倒映在富有光泽的地板上。转到东面山边的那个"小舞台"（奥之院），正是千重子观看晚霞的地方，可以俯瞰京都。若是樱花盛开的春天，漫山花团锦簇，美丽无法想象。清晨寺中游人稀少，是一天中的安静时分，山边树上有山雀清脆的啼鸣。寺院建在山边的好处是富有山野气息，也没见过哪个都市比京都与山更贴近。安静时的清水寺是具有山野气的，然而绝算不上清幽之地，我不过是匆匆来此一游，也没仔细参观（后面的千体石佛群都没有参观），就赶往下一处了。下山路过寺院的"羽音之瀑"，看到有人接了水直接喝下去。

寺院下方的二年坂、三年坂等街巷店铺林立，很多老店。点心铺里，用笋衣包裹的小粽子，一串串的糯米团子，十分吸引人。瓷器店更是令人眼花缭乱，店铺橱窗常有很漂亮的花瓶和插花，引人驻足。这季节（近立春）多是南天竹、蜡梅、松枝、山茶、郁金香、水仙、马醉木、梅花、鸢尾、百合，间以贴梗海棠、樱花嫩枝、山茱萸等。有一家拐角处的老店，古雅的深色坛状花器内插着绣线菊、寒牡丹和一截老树根，幽雅沉静，观之不足，令人起珍惜的心情。京都人爱插花且插得极好极自然，这几日所到之处，无论是饭店、咖啡店、瓷器店等各种店铺，或是寺院、庄园门口，无不插着好花。在日本电影里经常见到插花，原以为是为拍电影而精心布置的，看来只是日常生活中的寻常风景，自然和美已经渗透到普通人的日常生活之中。从插花中也可见出他们爱好大自然和注重四季风物，并且对季节的流转与变化极其敏锐，这种对自然、植物、季节的珍重和敬仰之心，远非他国人所及。如横光利一所说，"在日本，人们精神的终极目的通常是自然"。如今，我似乎能理解，住在京都的本地人或常居者，为何有一股傲慢之感。舒国治说京都没有黄山、雁荡那样奇景仙绝的山，然黄山脚下不会有清水寺的二年坂、三年坂那样的古风商家，风味上实称憾也。我十分赞同。

不知不觉走到高台寺前，山门前长长的石阶两旁种着白色山茶，令登高亦不觉累。入口处售票亭后面有一棵高大的柑橘树，柑子掉了满地。柑树旁边是一株高高的南天竹。高台寺为丰臣秀吉夫人北政所（小名宁宁，曾在大河剧里见过黑木瞳扮演过宁宁）在丰臣秀吉病逝后所建，她在此出家，号高台院湖月尼。高台寺建得极为壮观华丽。寺内庭院精美，借景东山，雅趣盎然。方丈前庭枯山水旁有一棵高大的枝垂樱，春天时该很美丽，观月台、卧龙廊无不令人浮想联翩，很喜欢山腰的伞亭、时雨亭（日本重要文物，依据千利休意匠建造的茶室）。山中只我一人，忽而落起几滴小雨，但很快便停了，周围十分清寂。古老朴素的茶室是两间草庵，庵前庵后草木围绕，马醉木盛花、杜鹃丛打着花苞、栀子结着橘色的果实、椿花落满青苔。虽是古老的茶室，屋内铺着洁净的榻榻米，屋角有整洁的土灶，充满生活气息，伞形房顶垂下"安闲窟"的匾。设想坐在茶室内，还可眺望下方的一片竹林，欣赏着竹林在四季的不同风姿。他们最喜欢与大自然建立联系，这样的寺院、茶室将自然纳入建筑中，纳入日常生活，可以说，自然生活无处不在，生活和土地紧密相连。竹林间有两个老奶奶一边说着话，一边收拾落下的竹叶。竹林中有椿花正在绽放，林外茶屋一间，有小巧美丽的庭院，老建筑的落地玻璃窗擦得明洁，室内点着白色的暖炉，一派温馨。

知恩院、东福寺

高台寺前的圆德院没有进去（急着赶去知恩院）。走过宁宁之道，小路很清静，所见茶店、食店也都雅致，豆腐料理店的淡色暖帘写着汉字"莲月茶也"，映着湛蓝的天空和轻云，格外好看。选了一家有庭院的餐厅吃午饭。小桥流水，桥边种着木贼、南天竹，入口处设置像普通人家，门前放一口插雨伞的缸，地上小花瓶插着水仙，随意却别致。很喜欢那一整排旧木框的洁净落地窗，可以映照出整个庭院。午饭是山菜（蕨菜）荞麦面和一小碗米饭的套餐，温暖合胃。

宁宁之道确实很适合散步。然而我没有闲步的心情，一心赶往知恩院，中途错过了很多风景，连路过圆山公园都未作停留，很快便被知恩院高耸的宏伟大门（三门，传说穿过三门象征着从"贪、嗔、痴"三烦中解脱）所震慑。站在三门内高高的石阶上回望，大门掩映在巨大的古树下，房顶上是高蓝的天空，天空飘着悠悠白云，简直是童话里的场景。京都下午的天空真好看啊，看着这样的天空和三门，心情骤然就变回了小学生的心境，没有丝毫渣滓。走出知恩院赶往青莲院，却吃了闭门羹。幸而门外也有巨大的古樟树。东山魁夷和川端康成都写过青莲院的香樟树。

走到祇园坐公车前往东福寺（临济宗大本山，京都五大寺之一）。东福寺周边的街巷更为宁静，遍地小寺院与庭院，诸如明暗寺（苔藓很美的小寺）、雪舟庭园等。巷道曲折幽静，民居无不古雅，有的长巷两旁有十分美丽的淡黄色土墙，墙内松柏森然，衬着湛蓝的天空和洁净的白云，清新明朗。天气也实在太好了，和暖晴朗，天空明媚如同春末初夏，啊，似乎只欠蝉鸣。寂静中，只有乌鸦嘹亮的叫声。近东福寺的一个庭园内，两只乌鸦在椿树下（似乎是绘日伞山茶，白色花瓣上有红色条纹）的青苔上啄着几只烂橘子，看上去却也可爱。这大概就是井上靖所说的京都的春昼："我甚至觉得只有京都才有'春昼'的感觉，整个城市饱吸着春的气息，略显陶醉。然而，现在能感觉到春昼的地方已经极少。春昼是一种无法言语的奢侈难得的宁静，是一种午后才有的感觉。"

站在东福寺外的卧云桥上看寺内通天桥与方丈建筑的屋顶，景色非常壮丽。而站在通天桥（京都赏枫名所）眺望下方溪涧周围的树木以及远处的卧云桥，又感觉如在山中。京都的很多寺院，虽在市区，却常给人一种如在深山的感觉，气象清幽，尤其在这游客少的时节。通天桥下的这条溪涧（洗玉涧），特别像山溪，溪两旁树木浓密遮挡天空，乌鸦成群地鸣叫着飞来飞去，有几只停在溪边苔地上啄食，像家养鸡鸭一样笃然而不怕人，遍地走来走去，久久不去。长而空荡的通天桥真是美丽，随处都是电影场景，阳光照在桥的一侧，一排密集的古老而闪亮的柱子，颜色迷人，桥的另一半则是幽暗的，光影美丽极了。同样，东边角落人迹罕至的堰月桥（桃山时代木造廊桥）上，有一样的光影。堰月桥横架在荒凉的溪涧上，没有被阳光照到的那边桥栏上长了微微的绿苔，踩着桥面的旧地板，发出寂寞的咚咚声，宛如来自另外一个时代的声音。桥对面幽寂的龙吟庵关闭着,我转而参观了开山堂(并没有参观名胜方丈庭院),之后去往附近的雪舟庭园。

雪舟庭园休观,门框上贴着的通告,白纸黑字上方别了几朵山茶花。雪舟庭园对面隔着巷子的人家,土墙内外开着几树梅花,优美恬静。这一带的长巷土墙实在太美了,尤其是东福寺的土墙,令人留恋。在东福寺去往泉涌寺途中,再次领略长巷短巷与街市之美,以及"春昼"的感觉。湛蓝天空的云团实在太闪亮和迷人了,我几乎一边欣赏着宫崎骏式的天空一边走路,单穿牛仔裤和毛衣的感觉也非常自由,离立春还有三天,但这样的天气已经明显是春天的气候。看天空过于深入以致我迷了路,像《侧耳倾听》里的月岛雯一样,在密集的居民区,误入一家瓷器作坊,这家作坊的展示区里有一张古朴的圆桌,上面摆着美丽昂贵的瓷器,我看着那些盘子上的鸢尾、玉兰、牡丹……爱不释手,但终于什么都没买,在主人谦卑的感谢声中,厚着脸皮跑了。

在泉涌道上,偶遇一家小寺院,叫戒光寺。正是开放参拜日。对着正门的,是本堂边上的一间类似于壁龛或佛龛似的小厢房,这时候斜阳正打到小房子上,小小门内装饰着金色的壁纸,在阳光下光辉耀目,壁龛的台子上插着几组花:花凳上铁锈红的花瓶内插几枝绘日伞山茶、高瓶内插着水仙和樱花花枝、花凳下方的湖蓝瓷瓶内一枝白山茶，最后是一组竹子花器，五只小竹筒各插了山茶花，趣味良多。阳光刚好照在这小小的龛内，就像特意给它们打的追光灯，龛内虽没有安置佛像，却给人佛犹在的感觉，实在美妙。

至泉涌寺，因走了太多路，在休息区的自动售卖机连买两罐咖啡喝下，坐了许久才恢复体力，以致在参观御座所时被告知只有几分钟时间，然后被工作人员带领着，一路用英语介绍着匆匆走了一遍，工作人员也非常有趣，一会儿跟我说，请拍照！一会儿又说，请不要拍照！我就这样手足无措地参观完毕。泉涌寺山门附近还有杨贵妃观音像。

走出漫长的泉涌寺道，来到街边，像是回到了人间，真是悠长一日啊。这样的旅行让人忘记时间，宛如穿越了时空隧道。旅行就像打开一本新书，阅读之前会想，今天会收获什么呢？反之阅读有时像旅行，要走上一大段路才能看到美景。或者，两者都像出海打鱼、进山狩猎，只要去做，每天总会有不一样的收获。好的书与旅行都能引起思考，滋养心智、想象力，并产生幸福充实的感觉。遇见好风景和有营养的文字都像喝下了牛奶那样的东西。

2020年2月初

东福寺的通天桥内部

鞍马寺的木廊。文字见《鞍马山及其他》

戒光寺的插花

鞍马山及其他

鞍马山山麓的村子极为恬静古朴，山村周围的山上高耸着郁郁青青的杉树，杉树浓郁的绿色尖顶层层叠叠地画出绿色的线条，如绢布上绣出的画。这种杉树在当地似乎被称为鞍马杉，也许是一种北山杉吧。

山村街道两旁开着几家老店，卖着当地土产木芽煮之类的。卖牛若饼的那家店卖着一种淡绿色糯米饼，叫作蓬饼，味道很像楠溪江山里春天卖的裹着黄豆粉的麻糍，淡甜软糯的滋味令人回味。

在山脚的仁王门前的荞麦面馆吃过午饭后上山，山路两旁排列着无数红色的献灯。走到古老的由歧神社，听到唱诵的声音，像笠智众在唱短歌。似乎是祈祷的经文，穿着红色间紫色法衣的唱经者让客人坐在白色的棚内，面对其唱经。院子里烧着一盆火，毕剥作响。山涧边开满山茶花，整朵落在水中。山边一些山茶树粗大到不可思议，夹杂在成片高大挺拔的杉林中。路旁也有很多戴围嘴的可爱小地藏。这一带给人一种古老幽邃的感觉，以天狗传说而闻名。自然与传统风俗相结合的景物，再加上古老的建筑，到处显露着风物之美。这种氛围也像沟口健二电影中的那种气息。沟口的电影结构精致，具东方古典气质，但其弥漫着悲剧气息，那种可预见性的悲剧，是我所害怕的。泷泽秀明的大河剧《源义经》也有描述义经在鞍马寺的生活。走在《枕草子》里称为"九十九折的山路"上，远远地听到山寺传来的钟声，非常动听，更显山中幽静，心情似乎被水涤荡过，上山的脚步也轻快起来。

　　鞍马寺正殿弥漫在烟雾之中。庭院里用木柴燃烧着一堆火。此处似乎处处都与火有关。鞍马寺的火节是京都三大祭之一。光线暗淡的正殿内，有人在虔诚地跪拜。昏暗的佛殿深处传出诵经的声音，空气中飘荡着线香的气味。殿堂内十分庄严肃穆。钟楼不时传来撞钟声。

　　站在庭院里可眺望开阔的山景。庭院边缘是寺务所，从寺务所门口一直延伸到庭院的淡褐色木长廊非常洁净古典，透过木廊宽大的窗框，可以看到远山和窗框外松树与杉树的绿色姿影，浅褐色的窗框像镶着暗绿松杉的画，我对这景色情有独钟。此地也是赏枫名所，王朝女性日记里的几位都写过在鞍马寺宿寺。木廊尽头是寺务所会客室，格子窗玻璃内映出粉色花的仙客来，沙发茶几干净整齐，窗明几净得让人觉得像一户人家的客室，高雅而充满秩序。右侧是玄关，玄关旁的壁龛里郑重地插着樱花枝、鸢尾、雏菊，挂着字画。玄关台阶旁一排整齐的木屐，台阶上方是室内走廊，古旧的木地板擦得油光锃亮，透着光泽，能倒映出上方的白纸格子门。这宁静的气氛让人心生在这里生活的想法。

　　寺院后山通往奥之院的山路僻静幽深，没有上去，因此错过了与谢野晶子的书斋"东柏亭"和诗碑（据说由此可走到贵船神社）。返回山脚的山村，小朋友和爸爸在一家茶屋等我。之后带着小朋友穿过村庄的道路去村郊寻找温泉。村庄屋舍宁静，村前溪流水声哗然，溪流颇宽，从上游杉林深处奔腾而来。村子的尽头是一片幽暗的杉林，一条曲折洁净的柏油路消失在高耸的杉林深处。路一旁的山坡上密密麻麻笔直地排列着杉树，如中国江南的竹林那般。马路下方的沿溪山坡也生长着静谧的杉林，透过杉林，可以看到布满青苔和石头的白色溪流，一切有深山幽谷的清气，令人愉快舒畅。

走过溪流上的桥，到达峰麓汤温泉。最让人喜欢的是泡完温泉，悠哉地喝着牛奶，吃着老店铺买的淡绿色蓬饼。

归途坐的是叡山电车，车窗外山间风景优美。从出町柳转车到伏见稻荷神社，已是黄昏，夜色昏暗中，红色千本鸟居如连接另一世界的通道。在那一带吃了晚饭，虽是中华料理，却是改良的中日料理结合（日式中餐），口味清淡，白切肉（菜单写叉烧肉）做得极美味。

此外日式西餐也很可口。游完金阁寺那天，就是在金阁寺旁街上吃的日式西餐。有人说过，日本的西菜烹饪和外国一流的烹饪相比一点都不含糊。

金碧辉煌的金阁在阳光下灿烂耀目。然而令人念念不忘的却是离金阁不远的庭园深处，在禁止步入的地方，远远地，那山边，有一棵瘦骨伶仃的杜鹃开着几朵浅紫色的花，那种优雅的淡紫色，比鹿角杜鹃的淡紫色稍浓一些，带着春日的复苏感。看到这簇花，顿时觉得这地方和三岛由纪夫的《金阁寺》有了真正的连接。"鹿苑寺的后面，从夕佳亭所在的地方再往东走，就是一座名叫不动山的山。这座覆盖着赤松的山，在松林间夹杂着丛生的矮竹，其中有水晶花①和杜鹃花的灌

---

① 溲疏。

木。"这正是《金阁寺》里描写寺中杜鹃花的句子。书中花所在的位置似乎也与我所见之处相差无几。那天看到那抹淡紫色时，我心里实实在在地闪过感动和迷恋，现实与虚幻居然能这样得到交集。

寺内被称为龙门瀑的地方，并不能算瀑布，但流泻着泉水的石头边开着洁白的马醉木，也很美丽，站在山上的夕佳亭前，俯瞰着水面上的金阁，屋顶的凤凰装饰在湛蓝的晴空下金光闪闪，璀璨夺目。

金阁寺附近有著名的龙安寺，方丈院的枯山水在《晚春》中出现过。寺内樱树繁多，惜不是樱花时节来，春天该很迷人。去往方丈庭园的路上，一个角落有一尊美丽的佛像寂然正坐，石佛前开着一株红色的梅花，没什么人注意，却像一首俳句一样动人。而方丈院的枯山水还是在《晚春》里更美。

去北野天满宫。梅花盛开。买票入梅苑看梅花有茶与点心赠送。喝完茶，踏着梅园间幽幽的苍苔小路静静赏花。梅树枝梢间流丹般开满红梅。粉梅最多。花下莹润的苔藓上落满粉红或暗红色的花瓣，暗香浮动。近黄昏，闪亮梅枝间，一弯春月浮现。

2020年2月

龙安寺的佛像

北野天满宫的红梅

大原立春随笔

三千院

　　洛北的大原自古被称为鱼山，是"鱼山声明"的发源地，在王朝时代曾是贵族的隐居之所。那一带山麓寺院林立，有三千院、胜林院、宝泉院、实光院、寂光院。大原的村子同鞍马山的村子一样，古老悠闲宁静，不像中国的古寺周边，如国清寺不远处，遍地卖香烛和粗糙工艺品的店家和摊贩，还有苏州寒山寺、西园寺外面，都非常喧嚣。能与之匹敌的大概只有杭州天竺山那一带的步道和店铺。但这里名寺周边的村庄更为自然和清幽，有整体的协调美，路边没有脏兮兮的垃圾桶、简易的违建，也没有乱停的机动车、电动车等，那些民居整洁漂亮，与自然融为一体。通向三千院的那条缓坡上的步道旁，清冽的溪涧里（吕川）落满茶梅花瓣，溪旁草木茂盛，石壁长满绿幽幽的青苔，一直蔓延到路面。路的另一旁是一些保有传统特色的老店铺，有入口种着古松的料理店，还有一些卖手工艺品、印染布、渍物的老铺，有着朴实自然的气息。

近三千院有家茶屋并温泉旅馆，叫作芹生，门口摆放的椅子上插了一瓶白梅花，格子拉门后的入口，则安插了山茶和大束连翘，连翘开着嫩黄色的花，在立春当日看起来饱含春气。芹生这个店名很好听，应该来自鞍马和贵船那一带的地名，那边有一条芹生岭。

三千院的参观路线设计得别有洞天。从正门进去脱鞋，踩着清洁的席子，穿过曲折幽暗的室内走廊，宽敞的客殿（平安时代被称为龙禅院）让人眼前一亮，明亮的落地窗外是聚碧园（池泉观赏式庭园）。是风清日美的立春日，阳光照彻庭园，庭园里的常绿灌木、青苔、点缀着红果的草珊瑚之葱茏被阳光投射到宽阔的室内，令客堂满室生辉。走到廊檐下，又见落地玻璃窗上映照出庭院里的浓浓绿意与红色的山茶花、南天竹红色果子、朱砂根红果、草珊瑚红果等，玻璃上的色彩柔和透明，像电影画面。阳光透过光秃秃的樱花树枝和槭树枝照在廊檐地板上，光影斑驳，风拂动树枝影子，水光在檐下摇曳。园中有庭师在清理植物枝叶，真羡慕她的职业，在这样的园子里干着贴近土地的活儿，每天都会有幸福感吧。

通往宸殿的楼梯一尘不染，有僧人在宸殿里打坐读经，以为拜访完此殿便结束参观，然而僧人指引我打开宸殿的木门：广阔的绿色庭院（有清园）犹如春天般出现在眼前，参天的松树、杉树下是一片湖面似的绿苔，庭院浸润在一片葱茏而幽寂的荫翳中。他们极擅于在庭园营造出一种绿意盈盈的春意，让人即使在隆冬时节也能感到春天的生机，这方面银阁寺也是一个例子。

步入庭院深处（有清园是池泉回游式庭园），往生极乐院淡褐色木构建筑被树木环绕，年代久远的板壁、白窗，精致的廊檐，庄重的屋顶，都带着一种淡雅洁净的色泽，凝望这样古朴的建筑，有类似于自然界的吸引力与力量。建筑本身很美的话，在冬天仍然富有情趣，冬天的贫乏也掩盖不住它的美丽，而在春、夏、秋季节，繁茂的树木和绚烂的花儿则更能增添建筑的美。往生极乐院殿内有辉煌绚烂的阿弥陀三尊像（日本国宝：阿弥陀如来坐像和两旁协侍的观音菩萨、势至菩萨）。顶棚绘有飞向极乐净土的天女和各位菩萨的丰姿。

这里遍布松杉、樱花、枫树、杜鹃……林下连接山坡的地方有紫阳花苑，据说种植了数千棵紫阳花，遥想此处樱花和杜鹃花开放的春天，以及紫阳花绽放的初夏时节，令人无限憧憬。松杉林下，近池水边的青苔间散落着几尊孩童地藏，或坐或卧，俏皮可爱。每一个地藏都代表一个早夭的孩子，这是为了守护夭折的儿童而塑造的地藏像。芜村有俳句："四月初八，每个出生即死之婴，皆佛陀。"代表早夭儿童的孩童地藏就是儿童的守护者。

　　紫阳花苑上方的山坡上坐落着金色不动堂，庭院刻有"一日一生"石碑，石碑上布满青苔。一日一生意味每天都要好好过，过好每一日就是过好一生（尽管这和"日日是好日"一样泛滥，但值得思考）。怎样才算没有虚度一日呢？于我有两方面，一是五感需浸润在自然之中，在自然中劳作（比如种菜等）也会比较轻松。二是劳作之余，需要书本或电影等来浸润，缺少了精神供养，光有自然，心灵也会枯乏，反之，只在城市的书斋里读书、观影、创作，没有山风的吹拂，听不到水音鸟啼，见不到山峡中的春霭、桃花的淡红、春树的嫩绿，以及夏夜之山月、秋山之红叶、冬山之雪等，人就会失去养分，没有生命力。人们读书观影，在求知、思想和情感的交流之外，或许还追求观影、阅读给人带来电流般的愉悦感，这种感觉

三千院聚碧园映在玻璃上

有清园青苔间的孩童地藏

与听到鸟啼或淙淙山泉声所引起的快乐是何等相似啊。须臾间，仿佛有某种清新可靠的力量注入心田，让人幡然醒悟、头脑清晰、灵感闪现。这须臾亦充满诗意。尤其是赞美生命和自然之美的书与电影，会引起这种类似自然界给予的精神愉悦。因此，理想的一日是在自然里干活、读书、创造，并感受到美，即在自然中过日常生活。这种自然不需要是名胜之地，只要类似于故乡的乡下即可。生命力大抵是意志决定肉体，出门旅行的日子，持续的愉悦感或幸福感会让身体每天长时间行走后第二天又生机勃勃、精力充沛，而在城市家宅的日子，人们总是容易有气无力。记得有人说过，"听不到鸟语和乡村的一切声音时，我决不觉得我这个人是在好好活着"。我以前也说，一声鸟鸣会让枯乏的一日灵动起来。在三千院的半天，可以算得上是"一日一生"，这一日已经有了它的价值。

　　金色不动堂后方的溪涧叫律川，溪边寂无一人，朱红的桥栏非常陈旧，桥头有镰仓石佛像。附近的童子六地藏也很可爱。山坡上的慈眼之庭水声潺潺，流水顺着山坡上的草丛缓缓流下，连路旁休憩所都古朴美观，觉得律川这一带更具有风物之美。

宝泉院

广大的三千院若是缥缈的仙乡的话，那精巧的宝泉院就是隐士的古宅，像日本电影中那种带着花园的幽深宅邸。门口通道边有养着游鱼的泉池，种在水边的山茶花倒影在池水中，几条鲤鱼在花影中悠闲地来回游动，那红色或白色的鲤鱼大得出奇，仿佛顷刻间就能化身为《追鱼》中的牡丹小姐。宅内有着明亮洁净的走廊，廊内飘荡着茶香。无论是给客人煎茶的茶房，还是过去遗留着地炉的房间，都让人感到高雅，也充满着生活气息。据说宝泉院是平安时期修行僧的宿坊（也有说是旁边胜林院的僧房，顺便一提，胜林院的木构本殿非常壮丽精彩），所以难怪还会有僧房的日常感。

"鹤龟庭园"略微狭窄，窄长的池水与墙外通道的池子相连，池边草木挤挤挨挨，绿意蔓延至水中。池边还有一棵年代久远的古山茶。缘侧附近铺着白沙。洗手池清流细细。阳光毫不吝啬地洒在庭园和缘侧，这缘侧适合晒着太阳睡午觉。

坐在客殿休息，欣赏着宽大门框外的额缘之庭（观赏式庭园，也叫盘桓园）的风景，茶水房传来倒茶的声音，不久便端上抹茶与点心，这像走了很远的山路，然后到了山中亲戚家，他们给你递上茶水的感觉，充满浓厚的人情味。这是属于日本园林的生活气，令游客融入此间的生活。和中国园林的生活气略有不同，如苏州园林留园的生活气是：园方请人在池上坐船吹笛子，笛声歇，池边亭中又响起箫声和古琴；另一边，房内上演锡剧折子戏《珍珠塔》之类的，此外，在园林里开茶馆（如艺圃），都给园林添了一点属于园林本身的人气。这里所说的人气，并非指游客的人气，而是类似于园林有了人住的感觉。园林内有了人气，仿佛是一种历史的重现。沧浪亭实景演出昆曲《浮生六记》也有这种意味。

客殿布置得极为简洁清华，没有家具，只有壁龛、挂画、匾额、屏风、摆件、插花等，空荡荡的草席上，廊檐边铺着红毯，这空间简直可以说是广大，忘记数多少铺席，但木门全部卸下来，使客殿整个开放，连接外面的自然。风景从宽广的门框进入，室内室外连成一体，坐在室内通过门框，同时观看南边和西边两个方向的庭园风景，就如同在看两幅巨大的自然之画，这就是宝泉院"额缘之庭"（画框庭园）的魅力。

客殿正前方是一棵巍然的五叶松（五针松），这是京都著名的松，有700年树龄。松下遍布修剪得很整齐的灌木，以及日本庭园不可缺少的苔藓、石头、石灯笼等。这树让人联想到清少纳言说的"树木以桂树、五针松、柳树及橘树为佳"。这棵五针松的整体躯干分成三个粗大虬曲的主枝干，向上细密分岔成无数树枝，形成广袤的松荫，亭亭如盖，几乎铺展到整个南面的庭园。和中国一样，四季常青的松树在日本也象征着长寿和刚强。松树本身就很优美，庭园里有这么一棵古松，下雨的时候可以听松雨，有风的时候可以听松风，有太阳时可以在松荫下睡午觉，能令人与自然无限接近，使庭园有了山野之感。

客殿西侧的庭院，与松树庭院垂直，树木更为丰富，有樱树、枫树、柏树、马醉木等，廊边连着"水琴窟"的石头洗手钵，被一棵枝干柔韧的结香包围，结香打满花苞，即将绽放，温柔地贴向水流。水流在"水琴窟"发出好听的叮咚声。庭院外围有灌木篱，篱外数十竿翠色的孟宗竹，竹外可见大原的远山、天空漫游的云朵，风景十分明朗。清幽的竹林里，立春的风吹动竹叶，竹影婆娑，鸟声鸣啭，让人想到"古庭寂寂啼黄莺"之句，一切都远离尘嚣。随着太阳的偏移，室内的光线明暗变幻也教人看不够，画着竹子的屏风上、席子上、壁龛和门框间，荫翳与明亮柔和的光线相互交织。没有比这更适合作书斋的地方了。若是樱花盛开的时节，更是让人无限流连了。

离开宝泉院，穿过三千院前的小路，抬头看三千院的山门（御殿门）时，山门上方的淡蓝天空已经挂着一轮明洁的弯月了。路过芹生，店门口的石板刚刚洒过水，店铺已经打烊了

宝泉院的"额缘之庭"

芹生的点心

（京都寺院周边的店铺随着寺院在五点关门而打烊）。中饭是在芹生吃的，山药泥盖饭和荞麦面，还有很美丽的浓绿色透明点心，像青色羊羹，又像蕨饼。夏目漱石很喜欢羊羹，说："盛在青瓷碟里的青羊羹，鲜艳夺目，好像刚从青瓷里长出来一般……只要美丽，只要感到美丽，便十分满足了。"

慢慢走下缓坡的村子，一边欣赏着淙淙流水与民居，觉得大原这地方太适合居住了。这一带的山川风物，会让人产生故乡感。或许，京都和杭州有许多相似处，尤其杭州是很多人的精神故乡，它和杭州一样，都可以称得上是"大众故乡"了。

2020年2月，立春日

附：作为初次来京都的游客，对这里不过是浮光掠影匆匆一游，短短七日，对京都的各种见识是肤浅、表面、片面的，所以写下的游记怕是会贻笑大方。旅行时，不懂语言对旅途见闻是一种限制，因为定会错失关于人的故事与风景。